劳马

劳马 著

无语的荣耀

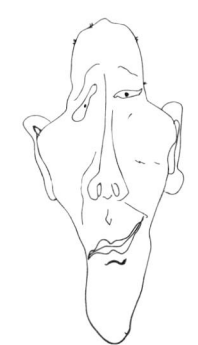

北岳文艺出版社·太原

图书在版编目(CIP)数据

无语的荣耀 / 劳马著. — 太原：北岳文艺出版社, 2018.5
ISBN 978-7-5378-5549-5

Ⅰ.①无… Ⅱ.①劳… Ⅲ.①短篇小说-小说集-中国-当代 Ⅳ.①I247.7

中国版本图书馆CIP数据核字(2018)第003982号

书名：无语的荣耀
著者：劳马
出品人：续小强
责任编辑：刘文飞
书籍设计：张永文
封面绘图：高敏
责任印制：巩璠

出版发行：山西出版传媒集团·北岳文艺出版社
地址：山西省太原市并州南路57号　邮编：030012
电话：0351-5628696（发行部）　0351-5628688（总编办）
传真：0351-5628680
网址：http://www.bywy.com　E-mail：bywycbs@163.com
经销商：新华书店
印刷装订：山西人民印刷有限责任公司

开本：787mm×1092mm　1/32
字数：138千字　印张：7.75
版次：2018年5月第1版　印次：2018年5月山西第1次印刷
书号：ISBN 978-7-5378-5549-5
定价：49.80元

本书版权为本社独家所有，未经本社同意不得转载、摘编或复制

谈言与狂欢(代序)

刘芳坤

　　大约一部小说能感动某人,总是其中话语和某人产生了对话效果。大约一个女博士为她的导师写序,在建构"春和景明"的美妙图景的同时,总难免带上了怀想往昔、参差错落之感。幸而古往今来历历在目的学生为老师奋笔添足、借景抒情以自我抬举之场景,实在足以成为某种壮胆的烈酒一饮而下。借用劳马导师的常用句式:其实本来不是如此,而真相就是如此。

　　爱笑的劳马总是笑着鼓舞我们建立一个研究"笑"的科研梯队,而不爱笑的我们也总是严肃地接受了这一势如破竹的历史重任。"80后"一代不会研究"笑",这是一个问题。收入本书的《迷失在回家的路上》深深打动了我。在京工作的"我"因为春节回老家,陷入了一次充满荒诞感的旅程:"转了十八回车,自己都蒙圈"。小说借用杨庆祥所著《80后,怎么办?》道出了"80后也不年轻了,房子、票子、位子、孩子要啥没啥,租个老婆骗老妈都露馅了,还能咋办"的辛酸。我想,人生不外乎如此吧,不是把郁闷转化为悲愤,就是把悲愤转化为自嘲。与其说劳马的小说机智、尖锐、幽默、顽皮,不如说其中有一种对生命的强力抚慰,这种"笑"多多益善。

我现在似乎越来越有点明白了,劳马写小说当然也是"有意而笑",通过哲学专业的深造,他达到了与"笑"的水乳交融、人剑合一。一九八六年,劳马写下《哲学家们》,用轻松诙谐的笔调回顾先贤的世界观。他写道:"苏格拉底的思想结晶是'冻'出来的,而笛卡尔的思想则是'烤'出来的。"他又如此评价洛克:"从'即将腐蚀的石碑'上的碑文来看,他自己并没有自吹自擂地'贴金',也没有妄自菲薄,说一些忏悔式的谦辞。这种善始善终的认真精神,和他实际生活与理论学说基本一致。"劳马总是钟情于那些"精彩的唯物主义的火花",在小说里,他无疑也将之贯彻始终:他遵循着基于感觉的认识,认识着个别具体的事物。也许他非常认同亚里士多德的观点:"人类的善是至高之善,个人与国家的目的是相同的。"我认为,劳马不太考虑如何写才能更"逗",或者说有种"笑"是内化于作家风格的。

劳马在反思苏格拉底们的"冻""烤""悔"后，生成了一种"溢"出的哲学。劳马好喝酒、好吃粉条，但是前者没有使他烂醉如泥，后者更没有使他一团糨糊，不过是生命多了些"溢"出的狂欢。记得几年前，有一次劳马导师邀请张小刚师兄和我去他写作的地方看看，一直谈到了正午时分，我们就到楼下的一家餐馆吃饭。当时正值高峰期，包间是肯定没有了，我看此情况，就在大厅抢座。油烟饭菜的蒸腾加上人声的鼎沸、残桌乱盘的局面，想到自己狼狈的样子，想到让老师这么大的"领导"站在旁边，令我有些尴尬。不久我抢到了座位，劳马也不嫌弃并未扫干净的就餐环境，笑呵呵地坐了下来。然后他拿出了一个非常漂亮的金属酒壶，就像电影里的大漠刀客那样嘬了一口，再一次露出了标志性"嘿嘿"的笑容。那次，他点了一道菜（准确来说是主食加零食）——炒油渣，其做法大约是猪油凝结后再裹面炒，还记得他极力推荐美味，并陈说了这种食物如何成为饥馑时代的精神狂欢。每每回忆起这个场景，再读到他的小说，我不禁会联想，这些小说是金属酒壶里溢出的酒，酥脆的油渣表壳下溢出的滑腻。曾有人说，"失调"与"荒谬"是"笑"的基础，那么劳马的"笑"靠的是一种生命自在的"溢出"，这本小说集所奉上的就是这样一道诙谐的乱炖。

提及"乱炖",让我不禁想到他所钟爱的另一位哲学家——巴赫金。劳马曾写作话剧剧本《巴赫金的狂欢》向这位苏联文艺理论家致敬。在剧本中,劳马借巴赫金之口道出了自己的创作观(也即一种"笑观"):"笑是属于民间的、大众的、小人物的。它看起来虽然卑微、渺小、低俗,却是解开全人类之谜的万能钥匙!在一定意义上讲,人类的历史也是一部笑话史。"在我看来,这句话正提供了走入劳马小说殿堂的钥匙。巴赫金在《拉伯雷研究》中描述了用诙谐的仪式构成的盛大狂欢节,并以莫里哀、伏尔泰等喜剧作品为例,指出自文艺复兴以来,狂欢节式的世界感受和怪诞的形象观念已经逐渐化为一种文学的传统。在一定意义上,劳马深谙一种"假面喜剧"的精髓,就在这幅"笑面"之下建构起盛大的狂欢节仪式。

我将劳马微小说的狂欢仪式分为三种类型,也可以理解为仪式的三个步骤。第一,俗世欢辛,即小人物于卑微之中显出的笑意。除了前文提及的《迷失在回家的路上》中的"80后",还有二十九岁就开始写回忆录的小周(《朝向未来的回忆》)、每天给自己化终老妆的母亲(《化妆》)、一辈子不会"演自己"的演员(《演员》)等等。在这部分内容中,劳马发现了诸多被平淡人生包裹着的荒诞质素,这些质素构筑起一个自为的统一世界,而我们每一个人不过混迹其中,带着"欢"的假面,而"辛"是其"内面"。第二,鞭辟入"俚"。在这部分内容里,劳马多以官场或知识分子为表现对象,笔调中更多沾上了讽刺意味。但是如果细细体味《双胞胎兄弟》《在问讯处》《请帮我找个好司机》这样的作品,你就会发现,在"鞭辟"的同时,劳马更愿意在贴心的亲情视角中"入俚",而非"入里"。回顾自五四新文化运动以来,在中国为数不多的知识分子题材的讽刺小说中,无论是叶圣陶、张天翼,还是钱锺书,恰恰都少了这种"入俚"的诙谐和勇气。第三,笑化历史,其中,"化"是一个动词。通过前两部分的暖场,小说将历史放置于"笑场"之中,从而使狂欢节仪式达到了高潮。在这里,不仅《村里的写作者》《二舅的权利》等小说对农村的政治生态有绘声绘色的表现,加上《排队》《集体生活》等叙说"笑史"加诸己身的波澜,更有《红皮鞋》这样直接建构历史观的深邃之作。

劳马不只给你讲笑话,他想和你一起进入狂欢节当中。他的小说语言充满张力,时而直接铺陈日常独白或对话,絮絮琐琐;时而又顽皮调笑、微言大意、字字见血。其实中国古来亦有重视"笑"的功用,《史记》内含《滑稽列传》,太史公展现了众人善于言笑而"合于大道",更有"一鸣惊人"救国于危难的情节。如此来看,历史并不总是巴赫金陈述的那样,属于民间的狂欢和属于庙堂、官方的仪式倒能够共享一番盛宴,前提当然就是带上一副"笑的假面"。劳马提供了太史公所谓的"谈言",你完全可以跟随着他的笔触,进入天道恢恢的一种大境界。

谈言微中,亦可解纷。

二〇一七年十一月五日
于山西大学主楼

目录

第一辑　无语的荣耀

化　妆　/3

迷失在回家的路上　/7

无法忍受的福利　/13

一缕疲弱的光　/19

准确计时的人　/28

监　视　/34

朝向未来的回忆　/37

演　员　/41

无语的荣耀　/45

走遍世界　/49

第二辑 集体生活

村里的写作者 /55

二舅的权利 /59

改不掉的毛病 /65

噪　音 /68

尾随跟踪管理法 /76

集体生活 /80

排　队 /85

草　原 /88

红皮鞋 /90

见　识 /93

莫提包 /96

记　过 /101

万　能 /105

领　导 /110

第三辑 活死人

双胞胎兄弟 /117

在问询处 /123

代表作 /127

一张车票 /130

坐在紧急出口处 /134

表侄的烦恼 /144

记事本 /152

我记不住你的名字 /162

请帮我找个好司机 /174

爱书者 /189

逻辑学 /191

裸　体 /193

我是怎样变得想不开的 /195

臆造的故事 /201

永不退休之人 /205

捐　款 /208

尴　尬 /211

活死人 /216

代跋
速写的力度、版画的幽寒　/225

第一辑　无语的荣耀

化　妆

母亲侧身躺在床上,双腿弯曲着,脸冲着窗户,背对着卧室门。

我走到床边,她正歪着脑袋,一手托着个小圆镜子,一手拿着眉笔在眼皮上描画,嘴里小声咕哝着,既像是哼唱,又像是自言自语。

"妈。"我叫了一声。

她没反应,继续往脸上画。

"你大点声,你妈耳朵聋了!"父亲在门厅处提高嗓音提醒道。

"妈!"我大声喊着,并弯下腰伸出手碰了碰她的肩,"妈,我回来了!"

母亲转过身来,平躺着,脸对着我。我吓了一跳,她把脸涂得乱七八糟，鲜红的唇膏抹到了双颊两腮，像个跳大神扭秧歌的老妖精。

"吓死我了，你咋又回来了？"母亲试图坐起来，我顺势扶她一把，她却躺下了。

"是啊，出差，顺便回来看看。"我琢磨着她说"又"的含义，不一定是烦和嫌，是说明她记忆力还不错，上个月我刚回来过，那时医生给她开了病危通知书。

"说到就到，住在楼下也没这么快，饿了吧，我给你弄点吃的！"母亲再一次挣扎着要下床。

"不饿，刚在飞机上吃过了。"我转头跟父亲说，"我妈身体恢复得不错嘛！"

"到岁数了，时好时坏。说不行就不行了。"母亲的耳朵也时好时坏，她抢着回答。

"您每天都化妆吗？"我又转过脸笑着问。

"可不是呗，越老越爱臭美，也不怕人笑话。眼瞅着黄土埋到脖子了，还天天描眉画眼的，精神不正常！"这回是父亲抢着说的。

"你说什么？死老头子！年轻的时候穷得叮当响，连顿饱饭都吃不上。结婚那会儿，跟队里的会计要了一小片巴掌大的红纸,在嘴唇上下咬了又咬,才弄出点红色来。这辈子,不知道什么叫化妆。现在快死了,再不化就蹬腿了!"母亲边说边又举起小镜子照了照。

"那就化吧,想怎么化就怎么化,咱不缺钱儿。"我笑着怂恿她。

"对,化,我就化!你爸老看不惯我,烦死他!"她又拿起粉饼直接往脸上蹭。

"净干些没用的。"父亲气哼哼地甩了一句。

"啥叫有用?不化妆就有用了?我天天化,没事就化。早晨起来化,晚上睡觉前也化。说不定一闭眼就过去了,留下张死人脸谁看了谁害怕,没人给化。不如个儿先化好了,知道是个啥样子,死了也踏实。"母亲之所以化妆,看来有她的一套想法。

"你看,你看,"母亲从枕头底下摸出了几张照片,"这是前些日子照的,我自己化的妆,这身送老衣裳也是我自个儿选的,不贵。你看,穿上这身躺下照的相,八十多岁的人了,不难看吧?儿子,你拿一张,留个纪念。死了也就这副模样。不要急三火四地往家里赶,路上车多、人多,别磕着碰着,犯不上。这回你看看就行了,不用老惦记我,媳妇、孙子都得要你照顾,只要你们太太平平,妈就放心了。"

在家只待了一晚,第二天我就坐飞机返回京城了。临走时,母亲又努力欠了欠身子,躺在床上跟我招了招手,没等我转身,她又拿起了那面小圆镜和一支眉笔,准备继续在她那张饱经岁月的老脸上进行美的描画。

迷失在回家的路上

原打算春节期间不回老家过年,一个人躲在屋子里狠狠地看几天"美剧",嗑几斤瓜子儿。上个月回家时已经说好了,算是提前陪父母过个年。两位老人假装遗憾地各叹了几声气,脸上的表情却诚实明白地告诉我:不回来更好,我们老两口儿省得侍候你了!

然而,只要一"然而",情况就发生了变化。随着年关临近,电视、广播、报纸、网络整天跟我过不去,大肆渲染过年必须回家的各种道理,就连小区里的电子显示屏、黑板报和挂在围墙上的红色标语都在发出各种逐客令:"百善孝为先,孝就回家过年""过年不回家,你是一大傻""回家吧,你的爸妈在苦苦等你!""孩子呀,你妈喊你回家过年啦!""春节不回家,等于违法犯法"。上网查了查一周运程，天啊，玄学大神列出了天蝎座AB血型属虎的春节不回家的一百种死法，从吃饭噎死、喝水呛死，到放屁崩死、拉屎憋死，面面俱到，无奇不有，防不胜防。本着珍爱生命的最低原则，我咬牙跺脚做出决定，准备启程回家。

直通家乡的火车票是无论如何也买不到了，守在电脑旁秒杀订票官网，出票总有高人手起刀落，票落人家。只好曲线绕远，哪里有票先去哪儿，先抢到一张再说。挤上车才知道，这是开往与家乡相反方向的"动车"。没关系，地球是圆的，总能绕回去。六小时后下了车，又买了张票，踏上新的陌生旅程。就这样，转了十八回车，自己转蒙圈了，不知起始站在哪儿上的车，又将去向何处，就记得经过的站台有唐山、叶柏寿、赤峰、白城、四平、阜新、建平、锦州、葫芦岛、廊坊、沧州、唐山、承德、凌源、盘锦、葫芦岛、秦皇岛，当第三次在唐山下车时，我完全崩溃了。一打听才知道，当天是正月十六了，正好是公司上班的日子。离老家昆明还远着呢，只好眼含热泪朝着西南方磕了三个响头，重新买票回北京上班。问题是怎么跟老板请假，短信撒个谎,说二舅死了,死得很突然,且责任在我。按家乡的习俗,正月不能剃头,而我非不信,去理发馆简单动了几剪子,结果舅舅暴毙,应了那句"正月剃头死舅舅"的古老咒语。所以,作为肇事者,我不得不尽孝守丧送葬。

老板显然信了我的说法,一个小时后才回短信,说你丫被开除了,经查,你根本就没舅舅,你妈是独生女。我只好回了句:"你妈是剩女!"

老板迅速回了个龇牙咧嘴的笑脸并留言"去吃屎吧"!

吃什么我并不在乎,关键是我迷路了,又不知道下一个目的地在哪里。老板既然开除了我,他就再不是我的老板了,至于我吃啥也用不着听他的狗屁命令了。于是,我在手机上查看了一下全国铁路图,密密麻麻纠结成一团蜘蛛网。不回公司的决定是在老板不准我回公司之后做出的,心里突然松了口气,有一种变被动为主动的胜利感。同时,又有一股莫名的迷惘和失落的浊流涌上喉头。下一站去哪里呢?我先把自己比喻成断了线的风筝,想自由自在地飞向雾霾笼罩的天空。后一转念又把自己想象成脱了缰绳的野马，渴望狂奔于快速沙化的草原上。然而眼下的实际情况，我是一个举目无亲的弃儿，是丢了饭碗的乞丐，我没资格把自己高估为风筝和野马，连流浪猫都算不上。你瞧，斜对面座椅下躺着的那只胖乎乎的流浪猫正用傲慢的眼神鄙视着拿着半块饼干挑逗它的美女。美女啊，饶了那只猫吧，麻烦你来挑逗挑逗我呗！心里想这么说，但又说不出口。去年回家过年时曾租借过一个女友，花了三千块钱，最后还是被老妈识破了。那女孩后来说恶心了，总想吐，暗示有怀孕的迹象。妈的，我穷但我不傻，摸了几下我的胳膊就能孕育新生命啊！我告诉她，少来"碰瓷儿"的那些俗套，有本事你劈腿呀！加钱就劈腿，咱说话算话，敞亮儿！直接劈啊，不整点前戏啊？我没羞没臊地问。她说，别想那些没有的，要进就直接进，老在门口晃悠顶屁用啊！算了，租来的东西没法用。

那美女大概也许可能是意识到了我脑子里发出的肮脏信息波，斜眼瞄了我一眼，假装兴致勃勃地继续逗弄那只胖猫。装什么装，我也会装。我打开背包，记得里面有半根啃剩下的火腿肠，用它吸引猫的注意力——它比饼干奏效，翻了半天，找不到火腿肠的踪影，却掏出了一本书，这是启程返家那天塞进去的，打算路上看看。天生就不是读书的人，一路辗转，也没想起翻翻书。这本书叫《80后怎么办?》，是一个叫杨庆祥的哥们儿写的。怎么办，还能怎么办? 80后也不年轻了，房子、票子、位子、孩子，要啥没啥，租个老婆骗骗老妈都露馅了，还能咋办? 我随手把书翻开，故意夸张地弄出哗哗啦啦的声音，"上意识"地希望引起那位无聊的逗猫女孩的注意。

我的夸张表演果然有效，那位美女侧过脸来大大方方地看着我。我假装聚精会神，像坐在教室里准备冲刺的高考生模样。嗨，80后前辈，困惑啦?

我把书放在膝盖上。怎么着，圣女? 有事请教我吗?

剩女? 你怎么知道我没有男友?

误会，误会啦! 我说的圣女是神圣的圣，相当于神女、女神，是美女的升级版。

谢谢夸奖，男神嘴好甜啊!

于是她一言我一语地聊了起来。当我得知她尚无固定工作、固定收入和固定男友并打算去昆明打工时，顿时变得兴高采烈起来。同时告诉她,自己也是准备去昆明寻找发展机会。为了坚定她的选择,我把家乡之美吹得神乎其神。在她自称自己是一个吃货后,我又把云南的各种小吃添油加醋地口头煎炒烹炸蒸炖烤烧了一番,还随口杜撰了几道菜谱,听得她直擦口水。

事情就是这样。临上车前,我们俩共同动起了悲悯之心,硬是把那只流浪猫塞进了我的背包里,不管它死活抵抗,东抓西挠尖叫咆哮。我俩坚信,彩云之南,一定有它作为一只猫的梦想。

火车开动时,我的短信传来了老板的妥协:"快滚回公司,明天再不上班,就永远别来了!"

我的眼眶突然迸出了水珠。老板的粗暴挽留,使我的形象瞬间高大了许多,我还是个被需要之材。算了,我用眼泪模糊的余光瞄了一下我尚不知其姓甚名谁的美女,大喊一声:"我把老板炒了!"

无法忍受的福利

一位李姓女子走进培训中心人事处的办公室,向处长递交了一份辞职报告,其辞职理由竟是因为所在单位"福利待遇太好了,生活质量太差了"。

处长是一位身体发福的中年男人,五十来岁,头发稀疏且凌乱。他愣愣地站起来,示意李女士坐下,并给她递了瓶纯净水。

"记得当初你是因为咱们单位福利好、收入高才申请调入的,还托上级领导打了招呼,要知道,咱们中心可是远近闻名的好单位呀!"处长坐在她对面的沙发椅上,双手交叉,放在明显隆起的肚子上,笑眯眯地劝导她。

"是的,处长。那是当初,此一时彼一时啊!您可能认为我有些矫情,我实在无法忍受这个单位的所谓高福利了,它严重影响了我的生活质量!"

"哈哈,我生性愚钝,听不懂你们这些博士的高谈阔论。福利好应该是提高了生活水平才对,怎么会降低生活质量了呢?"处长身子往后仰了仰,靠背椅子前后摇晃了几下。

"处长,您听我说。您看我今天穿着的上衣是什么?"

"运动服呀!"

"下身呢?"

"运动裤呀!"

"脚上穿着的是什么?"

"运动鞋呀!"

"您身上穿的呢?"

"运动服嘛!"

"下身呢?"

"运动裤嘛!"

"脚上呢?"

"运动鞋嘛!"

"别人穿的呢?"

"我不知道,没注意看!"

"那我告诉您,统统都是运动衣、运动裤、运动鞋!"

"是吗,那又怎样?"

"您不觉得别扭吗?咱们是体育运动队吗?您、我,还有其他员工都是运动员吗?"

"不是呀,可没规定咱不能穿运动装嘛!"

"可咱为什么非要穿同样的衣服?"

"没有规定非要穿同样的服装啊!"

"是的,是的,是没有规定,可为什么大家那么整齐划一呢?"

"为什么?"处长顺便打了个哈欠。

"因为我们每位职工一年四季至少要领到四套运动服和四双运动鞋。我到这里工作了十年,一共领到了六十多套颜色式样不尽相同的运动服和五十多双运动鞋。除了我自己穿,老公、孩子穿,我的爸爸、妈妈穿,我孩子的爷爷、奶奶也穿,好可怕呀!"

"你可以穿别的嘛,去时装店买几件时髦的裙子穿嘛!"

"问题就在这里,全单位的一百多名职工都穿运动服,我一个人穿连衣裙,别人会怎么看,显摆?炫富?另类?从众最安全,随大流少麻烦。"

"倒也是。有免费的衣服不穿,去花钱买别的衣服确实不划算。那就穿运动服呗,反正大伙儿都一样,不挺好吗?"

"不论男女老少、高矮胖瘦,一年四季都穿同样的服装您不觉得怪异、恐惧吗?尤其是穿着运动鞋踩在贵宾厅会议室的厚厚的纯毛地毯上,您认为合适吗?"

"是啊,你这一说,我也觉得有点别扭!"

"不是一般的别扭!您知道我今年多大了?才三十八岁呀!可前天同学聚会,有人竟然没认出我来,他们还解释说不是因为我变老了,而是这身运动服让他们无法判断我的性别、年龄和职业。"

"没那么严重吧,你有点太敏感了。这样吧,我今晚请你吃饭,再聊聊,你先把辞职书收回去,冷静理智地想一想。"处长边说边站起来,端起桌子上的茶杯喝了一口。

"好啊，好啊，自从到我们这个单位至今都十年了，还没说请我吃饭呢！去哪儿吃呢？"

"还能去哪儿，就在单位职工餐厅呗！那儿饭菜质量好，还不用花钱！"

"天呢！处长大人，您还是让我辞职吧！我实在受不了啦！我要吐了！你就不能换个地方请我吃饭吗？"

"那多不划算。街边饭馆的饭菜再便宜，也比我们内部餐厅贵许多，而且还不卫生。在单位是一天三餐全免费，不吃也浪费，干吗非得到外边？"

"我刚才说什么来着，您难道真不懂吗？福利待遇越好，生活质量越差。三餐免费坑死人了，不吃白不吃，都怕占不到便宜。于是没人回家吃，更不知道外边的饭馆长什么样！到了星期五，单位还发芹菜、韭菜和肉馅，周一上班运动服上全是饺子味儿，真没劲！连洗发膏、洗浴液都是一个牌子，这福利待遇能不能取消呀？"

"那怎么能行呢？全体员工不会答应的！"

"直接发钱不行吗？"

"不行，政策不允许。再说，发了钱谁也不肯花。"

"求求您了,处长大人,还是让我请您吃饭吧,您就同意我辞职了吧!"

"去哪儿吃?"

"外面。在咱单位附件找一家中高档的饭馆。"

"不行,太浪费了,还是在咱们职工餐厅里吃!"

一缕疲弱的光

冬日的阳光虚弱无力,气喘吁吁摇摇晃晃地爬进窗户,病恹恹地斜躺在客厅的地板上。雾霾天已经持续了一个星期,太阳迟迟不肯露面,今天总算勉强探了探头,很快又缩回去了。这缕混浊惨淡的光线,多多少少增强了室内的亮度,却感受不到它的温度。

暖气似乎又停了,老范伸手摸了摸,不烫也不冰,他怀疑手掌失去了知觉,又抬手蹭了蹭脸,没问题,左手右手都很正常。

老范的心情十分沮丧,一个多月几乎天天闷在家里。这倒不是因为糟糕的天气,若在往常,即使浓雾弥漫,他也要出去走走,绕着小区的中心花坛走上几圈。邻居们私下里称他"老鬼",只要从雾气中隐约冒出个

"鬼影",那一定是老范在散步。

老范喜欢遛弯儿,更喜欢聊天。因为他有话可讲,讲起来滔滔不绝,主要是讲他儿子的故事,儿子一直是他的骄傲。小区里住着不少有钱人,多是做生意的,开着高档车。老范不把他们放在眼里,愤愤不平地骂他们是"暴发户"和"土包子"。他尤其看不惯那些牵着或抱着宠物狗四处闲逛的男男女女,认为这些人都是吃饱了撑的,守着爹妈不侍候,儿女不教育,尽整些小畜生供养着,是认狗为父,认猫为子。尽管自己住的是小户型,也没置办名车名犬,但他自觉形象十分高大,生活并不匮乏空虚。

儿子是响当当的公务员,在一个政府部门里工作,收入不高却很稳定,穿着整洁,发型端庄,上下班拎着黑皮公文包,神情严肃,走路挺胸昂首,一眼就能看出干部模样。熟人见了老范都夸他儿子有出息,是个"大领导"。老范并不高调,每每替儿子谦虚:"屁大领导,就是个小公务员罢了。"

嘴上虽这么说,但老范的心里美滋滋的。在他看来,一个小公务员绝对比一个大老板更体面、更有分量，更值得尊敬。老范要孩子不算早，三十三岁才喜得贵子。儿子从小到大一直很听话，没有经过明显的"叛逆期"，从小学进中学再入大学，一口气读到了博士，又顺顺当当地考取了公务员，跨进了机关的高门槛。那一年，老范刚好退休，恋恋不舍地含泪告别了挂着国徽的政府大楼，结束了近四十年的公务员（他年轻时还没有这个词儿）职业生涯。虽然早有了退休的心理准备，但刚回到家里的那些日子，他仍感受到了许多难以言表的不适应和失落情绪。直到得知儿子被一家政府部门录用后，才一下子振作起来，眼睛里闪着光，浑身有了劲儿，说话的语调高了几度，割舍不掉的"啊啊"声透着曾经的官腔。一连三天，约儿子长谈，结合自己大半生的官场经历，给儿子灌输了各种机关工作经验和注意事项。从政治正确、站稳立场、把握方向一直讲到公文起草、印鉴保管、档案存放以及请示、通知、汇报等文件处理，如何与同事和领导相处，怎样给上司端茶倒水、拎包开门等等细枝末节，无微不至，听得儿子昏昏欲睡，哈欠连天。临了，当他问及儿子的体会时，儿子只回答了四个字："一地鸡毛！"

儿子当上了公务员，让老范重新充了电。他认为自家的祖坟冒了青烟，并相信和期待这股烟腾空而起直冲九霄。老范一生都热爱痴迷并享受着自己的本职工作，虽然直到退休他才弄了个副科级的非领导职务，但他依然觉得"当官儿"这事是世界上最有价值的事业，他有一句不雅的名言："除了当官，其他统统都是扯淡！"他确信儿子一定会在仕途上走得更远，因为他的起点高，拥有博士学位，不像自己仅有一张可怜的大专文凭而且是后来在职期间考取的。

老范因儿子正确的职业选择而熊熊燃起的火热激情只持续了不到两年就被儿子用一桶冰水呼地一下浇灭了，只留下一股刺鼻呛眼的浓烟和灰烬。儿子在没有任何前兆和预告的情况下，也就是没向他征求任何意见的情况下，突然宣布已经办完了辞职手续，搬着个纸壳箱子回了家。

"不干了！没劲！"说这句话时，儿子一脸的不屑与轻松。

父亲遭受的打击远远超出了儿子的想象。老范彻底崩溃了，就像被雷劈了一般。他瞬间瘫倒在沙发上，嘴角起了白沫。医生说:"你爸的瞳仁已经扩散了!"当抢救过来后,他双眼紧闭、牙齿紧咬,两天没跟儿子说一句话。到了第三天,他突然号啕大哭,哭声之惨,惊扰了整个病区,引起了医护人员和同楼病友的一片惊慌。

儿子认错了,向父亲诚恳道歉。千不该、万不该,也不该事先不征求父亲的意见。老范的身体和心情极难恢复,躺在家里慢慢静养,并开始逐一驳斥儿子辞职的种种借口:

"工作累?干什么不累?砸石头,扛木头,挖煤,插秧,送快递,站岗,巡逻,哪个不苦不累?你办公室里坐着,一张报、一杯茶,风吹不着,雨淋不着,也不用担心塌方、洪水、泥石流、瓦斯爆炸,怎么就苦着累着你了呢?"

"压力大?干什么压力不大?开公司,办工厂,种庄稼,当教师,做医生,卖保险,放贷款,抓小偷,谁的压力小?你整天发发文件,敲敲电脑,加加夜班,念念稿子,咋就扛不住了呢?"

"收入低?干什么收入高?种地,养鸡,卖菜,送水,开车,摆摊,哪个收入高?你一日三餐哪顿饭在家里吃,这个请那个送,灰色收入还少吗?当然,我也知道,现在不行了,不像前些年了!"

"管得严?干什么管得松?工人上下班刷卡,小商小贩交税,当兵的立正、稍息,就连幼儿园的小孩也要背手、坐直,是官哪能随随便便?不就是不准公款吃喝了吗?咱回家吃饭更可口!"

"啥玩意儿?不自由?咋叫不自由?谁不让你吃不让你喝啦?该上班上班,该干活干活,该睡觉睡觉,不缺吃、不缺穿,怎么就不自由了呢?给你自由你又能干什么?啥?说话不自由?谁说话不自由?你到底想说啥吗?你早晨上班说'领导好',下班说'领导再见',不准你说吗?就是嘛,我告诉你,不管你怎么夸赞领导,夸赞你的单位,夸赞我们的社会,都不会有人禁止你,你还不自由吗?我真搞不懂,你到底想说什么!"

……

儿子疲惫而羞愧地低下了头,他不想再跟父亲沟通了,因为他觉着自己的每一个合理解释,在老范看来都是无理辩解,只能让父亲更生气、更愤怒,更不利于他的健康。他只好说:"您说得对,老爸,快睡一会儿吧，怪累的。"接着长叹了一口气，自言自语道："唉，我的领导和上司整天污辱我的人格，不给我一点点尊严！"眼泪夺眶而出。

"啥？他们竟敢污辱你的人格和尊严？"老范愤怒了，他猛地从沙发上站起来，来来回回地扭动身体抓狂，儿子劝他坐下，他两眼直勾勾地盯着儿子，半天没说出话来。

"什么，你的上司和领导不尊重你的人格？你怎么不早说呢？这可是原则问题，咱不干了！凭什么污辱你的人格？辞职辞得好！不干了，坚决不能侍候这些王八蛋了。人格不可辱，尊严不能丢，你记住了，儿子！我要找他们讨个说法，作为一名领导干部凭什么污辱下属的人格和尊严，他们没有这个权力，绝对没有！"父亲激动地在客厅狭窄的空间里原地打转转。儿子费了很大力气才按着他的肩膀让他坐回沙发。

"儿子，我跟你说，"老范喘着粗气，满脸涨得通红，"你老爸我在机关工作了近四十年，遇到了大大小小的头儿百十来位，有科长、处长、局长，也有主管、主任、主席，见过的人多了，啥脾气的都有。谁都会受到批评和训斥,这很正常嘛!就以我为例吧,我这辈子挨批挨训那是家常便饭,写过的检讨检查能装满两大箱子,比你搬回的那个纸箱还大。也经常有领导跟我大吼大叫、拍桌子、瞪眼睛、摔茶杯、扔纸篓、砸烟灰缸,这都不算什么。有时他们也会指着我的鼻子骂我祖宗八辈,甚至会啐我一脸唾沫!有一回在酒桌上,那时我才四十出头,有一位新来的年轻的科长,他比我正好小十岁,年轻人嘛,好逞强,他嫌我给他的酒杯没斟满,站起来就'啪啪'抽了我两个耳光,当着众人的面,罚我不换气一口喝干了一整瓶高度白酒,我二话没说,一仰脖子全干了,一滴不剩。还有一次我陪一位副处长出差,晚上闲着没事一块儿打打扑克,我跟他打对家,结果出错了牌,他让我跪着从一层爬到三层,边爬边学狗叫,那有什么呀,我爬了叫了,啥事没有!尽管我遇到的有些领导脾气暴躁,但有一点他们做得很好,那就是他们从来都不污辱下属和同事的人格,绝不伤害别人的尊严。"

儿子已经泣不成声了,老范拍着儿子抖动抽搐的肩膀,深情地安慰儿子说:"儿子,你受委屈了。咱不干了,辞了就辞了,咱不当这个小官儿了。明天我要去你们机关,要给你讨个说法。我要跪在你领导面前,抱着他的大腿说,你凭什么污辱我儿子的人格……"

窗外的雾霾越来越浓重了,斜躺在地板上的那一缕浅白而模糊的阳光悄悄溜走了。

准确计时的人

老朱并不是个急性子,平时说话的语速不紧不慢,办事干活也不慌不忙。但他又是一个对时间极其敏感的人,分分秒秒都很在意、很计较。他的这个很特别的敏感和爱好,常常让同事、朋友和领导感到头疼。

这位被同事笑喊为"朱秒秒""朱计时"的老朱,左右手腕上各戴一块手表,不管是走在路上、站着等车,还是坐着聊天,都会频频看表,间隔时间不会超过一分钟。不断地抬起左手,放下的同时又抬起右手,一左一右不停地相互交替,像是胳膊被牵动的木偶,一上一下反反复复,样子十分滑稽怪异,看着令人眼晕,都认为他这是一种类似于多动症的疾病。

准时、守时是老朱最显著的优点和美德,与他相约他绝不会出现迟到之事。他自己也认为这是个好习惯，常说自己最讨厌不守时的人了。小时候，老师上课前总会表扬他，夸他的时间观念全班最强，很多老师都以他跨进校门或走出教室的那一瞬间核对自己的手表或办公室里的挂钟，就连负责摇铃的门卫老大爷也是根据小朱同学在课间休息后转身走向教学楼的那一刻举起手上铜铃的。据说，那时他是同学中唯一戴表的人，是父亲经不住儿子缠磨哭闹而送给他的一块破旧手表。他父亲也许是个修表匠，但此说法并未得到考证。

戴两块手表的举动过于怪异，老朱却认为这很自然，对比一下会更精准一些。然而同事们却调侃说，那是因为他左手的手表掉了分针，而右边的那块掉了时针，不得不两块一起戴。老朱缺乏幽默感，认真纠正道："净瞎说，两块表质量好着呢！"

老朱的长处经常会受到重视。有些需要计时的事情，领导总会让他去做。比如，运动会短跑和长跑比赛，由他去掐秒表，一口就能报出十二秒十六，或四分三十八秒十二等准确数字，大家都口服心服，无可争议。踢足球、打篮球时，也请他掌握时间，场场准确无误。有时开会，发言也需要控制时间，领导便令他负责计时，五分钟或十分钟时间一到，他就摇铃或敲茶杯、敲桌子，催促发言者立即结束，不得超时。

老朱的时间观念强，这是优点，但这优点更多时候表现为缺点，偶尔也得罪领导。比如，开会时他会突然大喊一声："不是八点开会吗？现在都八点过两分三十秒了，怎么还不开会？"甚至会打断正在讲话的上司："会议十一点半结束，这都十一点五十八分四十六秒了，怎么还不散会？"他往往坐在会场的第一排，会不时地用左手指指右手，又用右手指指左手，提醒领导注意讲话时间，这种情况总令领导紧张、尴尬。有时领导当众责骂他："老朱，你是急着赶火葬场啊？"

"朱秒秒"不光得罪领导，同事们也常受到他的伤害。走在路上只要遇到熟人，他跟人打招呼的同时就抬起手来左右看一下表。尤其上下班时，遇到的人多，他左右手不停地抬起放下，忙得不亦乐乎。很多同事觉得老朱不怀好心，是不是监督自己迟到早退？这事也不归你管嘛！嫌他狗拿耗子闲操心！

平常聊天说话时，老朱也一律用时间来描述和评价一个人。比方说:"赵处长今天上午跑了六趟洗手间,最长的一次花了五分四十八秒,最短的一次五分二十一秒。说明前列腺出了问题。""秘书科小雅,前天蹲坑用了五十六分三十秒,昨天是一小时零二十秒,今天也磨蹭了五十八分四十三秒,弄不好是大便便秘,或者是犯了痔疮。""上周二中午十二点十五分二十四秒,我在职工食堂碰上了数学系的赵老师,他吃饭只用了三分十七秒,我提醒他,吃得太快了,对胃不好。我告诉他,那容易得胃癌,他不领情,还骂我缺德。"

老朱也会对一些时间标示含糊的或不够准确的文字材料表示异议。有一回,他从一份公开张贴的讣告中挑出了毛病,他认为这种错误不可宽恕。讣告说,某某教授于某年某月某日下午于医院病逝,享年七十九岁。他打电话给逝者家属,追问死者到底是下午几时几分几秒失去生命体征的。他不依不饶地刨根问底,惹得人家很不高兴。

有同事劝他:"老朱啊,有那个必要吗?又不是火箭发射,日常生活、吃喝拉撒、生老病死,有必要准确到秒吗?"他一脸严肃:"当然有必要!时间就是生命,哪还有比生命更重要的事情?"

"那你能记住别人离世的准确时间呀?"

"当然能啦。"老朱一口气说出了他爷爷、奶奶、姥姥、姥爷,还有七大姑八大姨等一大串亲戚离开人世的精准时辰。

"你是随口瞎编的吧?"同事讥讽他。

"我就知道你不信。那我告诉你,毛泽东主席去世于一九七六年九月九日零时十分,周恩来总理也是一九七六年离开我们的,一月八日九时五十七分,这回你信了吧?你可以去查当年的新闻报道和《告全国各族人民同胞书》。虽然没有精确到秒,但作为讣告,说到分钟也就够了。"老朱认真地解释道。

老朱就是这么一位对时间极端敏感的人。但他本人并没有因此而长寿,反倒仓促地结束了相对短暂的一生。他因病早逝,墓碑上刻着他准确的生卒时间:一九五八年二月十四日十一时十五分至二〇〇二年三月十九日三时二十一分。

前天下午,我在校园里偶然遇见了老朱的儿子,聊起他父亲时我问了句:"你爸爸已经走了快十年了吧?"

"不，他已经死了11年了。"他儿子边说边抬起胳膊看了看手表，"准确地说，他已经死了十一年四个月十六天七小时零八分钟了。"

监　视

大赵自打家里雇用了一个年轻的保姆后,便隔三岔五地请假,理由是:"想回家看看保姆!"

同事们调侃说:"保姆年轻漂亮吧?这事儿可别让嫂子知道了!"

大赵答:"她知道,没办法!"

同事说:"哟,你夫人可真够仁慈的。这样的媳妇可不好找!老公跟保姆待在一起,迟早会出大事的。"

大赵答:"不跟保姆待在一起,那才会出大事的!"

问其究竟,大赵一脸苦笑,解释其中原委。

原来,小两口半年前喜添贵子,爱不释手。随着妻子的产假期满,谁照看孩子便成了头等大事儿。两人均有工作,且须加班加点。双方老人身体状况都不太好,抚养孩子力不从心，也无亲戚可依靠。无奈之下，只好通过家政公司雇聘保姆。但时下好保姆难找，不是工资高低的问题，而是远近各种关于保姆的传闻不断灌入二位年轻父母的耳中。比如说，谁家的保姆把孩子拐走了，谁家的保姆卷走主人所有的细软和积蓄了，谁家的保姆嫌孩子不睡觉而偷偷喂吃安眠药了，谁家的保姆私下虐待孩子，打耳光、抽嘴巴、往肛门里塞大头针，等等等等，听起来真令人毛骨悚然。这样的新闻，报上、网上也时有报道，搅得这小两口心神不宁、坐立不安。

经过反复甄别筛选，总算相中了一位各方条件均属上乘的在家政学校受过专业训练的小保姆，请到家里刚干了两周，便死活辞职走了。理由是太不自由，与男友约会的时间太短。

又经过一番周折，由远房亲戚推荐了一位乡下媳妇。干了没几天，又坚持不下去了。原因是这位少妇信佛，每天烧香念经，嘴里叨叨咕咕说些个古古怪怪的话，还按着八个月大的小孩子往地下磕头，吓得小两口赶紧辞退，永不返聘。

新找的保姆看上去比较单纯，但两口子还是不放心。他俩商量后决定,每人轮流请假在家里监督保姆。工作实在脱不开身时,再请双方老人替补。于是,这一年间,大赵请假超过了一百天,公司正准备解聘他,妻子的事假也不下两个月,奖金全部扣发。

对于未来,大赵还是充满信心的,他说再过四个月,孩子就可以上幼儿园了,他恳请公司老板能保住他的饭碗。

老板问:"听说幼儿园里的阿姨有时也会做出类似保姆的事情,那你怎么办?"

这一问,大赵又忧心忡忡了。他和老婆反复商量后下定决心,到时再聘请一位保姆,每天站在幼儿园窗外,专门监视那里的老师。

朝向未来的回忆

虚岁二十九那年,小周写完了回忆录,详详细细地追忆了自己短暂而又平淡的一生。他的父母均没活过三十岁,祖父祖母也很短寿。这是他早早地撰写回忆录的主要原因。爷爷奶奶他未见过面。童年时父亲好像跟他提到过爷爷奶奶的故事,但在他的脑海里没有存下任何印记。就连自己的爸爸妈妈,小周回想起来也很吃力,他们的形象遥远而飘忽,像褪了颜色的一块破布。他甚至把电影电视中的某些男女主人公和在街上遇到的某对三十岁左右的夫妻想象成父母当年的模样,这些联想最终导致了他对父母形象的彻底遗忘。

小周三四岁时,父母相继病故。他若能清晰地记住父母的音容笑貌简直是白日说梦。

然而在他那长达五十万字的回忆录中,有相当长的篇幅描述了自己在母亲怀抱中吃奶撒娇的幸福时光,以及与爸爸朝夕相处嬉戏玩闹的美好瞬间。显然,小周丰富的想象力弥补了他记忆中的所有空白。

小周年纪轻轻就着手撰写回忆录的另一个原因是因为他听到了一位算命大师的不祥预言。那位自谦为"半仙"的大师在他人的口中是一个地地道道的"神人"。在一个阴雨绵绵的傍晚时分,他只斜着眼睛打量了一下小周,便斩钉截铁地下了断言:"你没有晚年!"小周从此深信不疑,他自认为父母的寿命就已从遗传学的角度确定了儿女生命的长短。所以,当听到来自于非科学的著名大师预判时,他并未感到多少意外和惊愕,内心反而更加淡定平静了。这个预言是超自然的声音,与他自己源于基因科学的推断叠加印证。

于是,小周决定写一本回忆录,记下自己短促而平凡的生命历程。

他集中精力,花了整整两年时间,写出了洋洋五十多万言的长篇回忆。据他说,当他拿起笔时,埋藏于记忆深处的点点滴滴都清清晰晰地浮现在眼前,就像电影画面一样逼真鲜活。他还说,回忆和书写的过程,犹如自己重新活过一遍那样,生命得到了加倍的延长。

回忆录的最后一句是:"今天,也就是此时此刻,公元二〇一〇年十一月十四日下午五点三十二分,我正在写回忆录的最后一句。结束了,再画个圈儿,就是句号。生命也随之结束了!"有电视新闻现场直播的感觉。

当然,小周的生命并未与他在稿纸上画上句号时同步结束。他至今仍健健康康地活着。

在完成了前二十八九年的回忆之后,小周一连三天穿戴整齐平平静静地躺在床上,祈求那个神圣时刻的到来。强烈的饥饿感把他从逐渐的昏迷中唤醒,他拖着虚弱的身躯艰难地挪到街边一家小吃店狼吞虎咽地暴饮暴食,试图当场撑死,却自决未遂。

经过了一段时间的放松和调整,小周的身体和精神状况得到了恢复和好转。他又做出了惊人之举,继续撰写回忆录。他感觉自己已回忆成瘾,一天不把脑子里的"记忆"写在纸上,就痛苦难忍。于是,他就重新拿出笔来,朝着另一个方向"回忆",也就是朝着明天和未来"回忆"。他坚称:前世已把来世的所有一切都嵌入每个人的灵魂深处。回忆就是呈现,回忆的指向不仅是过去，而且也能指向未来。

所以，目前在小周已完稿的回忆录里，他已变成了老周和周老，并刚刚过完八十大寿。在他的"记忆"中，他是三十三岁那年结的婚，妻子是某电视台的一位二十一岁的著名美女主持人，出身于"嫩模"行列。三十五岁时生了一对龙凤胎，金童玉女。当年，他还买彩票中了大奖，得奖金八亿元整，且免税。三十八岁那年，发生了中日战争，美国坚定地站在中国一边，联合国一致决定把日本划归中国，称为东洋自治区。同时，金正恩就任美联储主席。四十岁时，中国进行了前所未有的政治体制改革……再往后，老周还用几年前彩票中奖的钱买了张去月球旅游的飞船票，去广寒宫里住了三个晚上。四十三岁那年，他还当上了中央委员……五十岁生日时，他站在天安门城楼上向广场上欢庆的人群挥手致意……至于接下去的三十年，中国和世界发生了许许多多惊心动魄和匪夷所思的大事，至少他在六十岁那年的八月，在第三次世界大战后就任了美国国防部部长并授予五星上将……回忆录中涉及的许多事件现在还不能"解密"，有些细节简直太吓人啦，跟真的一样！

演　员

他住在公寓楼的一套两居室里，面积不足一百平方米。

从客厅、卧室到厨房、厕所，四周的墙壁上都挤满了照片，或贴或挂，密密麻麻。就连天棚上也几乎被照片覆盖了。大大小小，有横有竖，有黑白，有彩色，全是剧照，是他大半辈子在电影、电视剧和舞台上扮演的各种角色的集中展示。

他年过七十，满头白发，不久前他还应邀在社区业余演出中扮演了《白毛女》片段中的杨白劳一角。老人从童年开始就演戏，迄今出演的剧中人物有数百人，扮主角少，演配角也不多，更多的时候只充当跑龙套的"群众演员"。许多剧中，他并无台词或仅有一两句"废话"。

从照片上看,他演过农民、村长、地主、屠夫、司机、医生、警察、土匪、法官、小偷、老板、嫖客、行长、骗子、教师、流氓、将军、特工、皇帝、奴才,等等等等,五花八门、形形色色。

即使是假扮皇帝、将军,也是剧中的陪衬,戏份很轻,只有几个镜头,甚至是一闪而过。他作为大清帝国的最高统治者,只对大臣们说过一句话:"退朝!"因为那是部武侠剧,皇帝只是个点缀,相当于路边的一块石头或一棵树。他当将军最长的一句台词是:"拉出去给我毙了!"就为这句台词,他练了足有十天时间,还给导演搓了一个月的澡。

尽管他演的都是不起眼的小角色,但他相当认真,从表情神态、穿着打扮、举手投足到仅有一句话的台词、对白,都反复琢磨、勤学苦练,非常投入。他能够用数十种方言说出"狗日的"和"请上茶"。他在扮演一个嫖客时,光"来呀"两字,就练了不下一万遍。他甚至在一部电影中分身为好几个人物,一会儿充当八路军战士,换下服装化化装,又成了国民党士兵和土匪喽啰。不管演什么不起眼的角色，他都能演得惟妙惟肖，贴切到位。

他演了一辈子的戏，很少当过主角。演得再像再逼真，也是转瞬即逝，很难让观众记住。他认识很多明星大腕，并与他们合影留念。所以在他家里的墙上，你能看到一些家喻户晓、妇孺皆知的熟悉面孔，从厨房、厕所到客厅、卧室，沿着墙壁一路瞄过去，再仰面朝天看看棚顶，基本上就是一部六十年的中国影视史。

据说他曾经有过三次婚姻，均以失败告终，生有一儿一女。婚姻破裂的主要原因，在于他不能扮演好现实生活中的丈夫角色。他也始终搞不懂作为父亲和儿子究竟该说些什么和做些什么，因此，他的儿女和父母都先后与他断绝了来往。

如今，他仍孤身一人住在公寓楼里，整天对着墙上的照片，比比画画，嘴里叨叨咕咕地重复着几个短句子，都是剧中的台词。

有一次，他拽着我到他家的住处参观了他的"个人演艺展"。他眉飞色舞地给我表演当年剧中的人物，一连转换了二十几个角色，累得气喘吁吁。

趁着他喝茶休息的间隙，我很随意地问他："在您一生扮演的各种角色中，哪个最不成功？"

他沉吟了好一会儿，脸上的表情变得有些沮丧暗淡，眼眶里溢出了泪水。他的嘴唇开始颤抖，欲说又止的样子。我给他递过一张餐巾纸，他擦了擦眼睛和嘴角，终于说出了一句让我吃惊的话："我自己！"他喝了口茶，补充说："我演了一辈子别人，却不会演我自己！"

无语的荣耀

他身体歪斜着坐在轮椅上,被孙子推到了舞台中央,追光灯随即亮起,聚焦在祖孙二人身上。台下同时爆发出震耳欲聋的掌声和事先录制完成的欢呼声。全场的嘉宾和观众起立,以热烈鼓掌的方式向台上强光照射下的这位百岁老人致敬:老人一动不动地呆笑着,他的孙子紧挨着他,挥手向大家致意。

掌声经久不息,女主持人示意了三次,观众们才坐下。主持人被这开场的气氛感动得热泪盈眶,以至于开头的几句话明显地带着浓浓的鼻音和哭腔。

她说,坐在我们面前的这位长者,让我想起了已离世多年的祖父。我小时候,他总是格外地宠爱我,不仅给我好吃的,还把我抱在膝盖上给我讲那动人的故事和美丽的传说，我甚至会调皮地抠出他的假牙去挖花盆里的土……说到这里，她噗的一声笑了，竟鼓起了一个不大不小的鼻涕泡。观众起哄地笑着，她满脸羞红，赶紧掏出面巾纸擦了擦鼻子，连声说，对不起，不好意思，我太激动了。然后，又从口袋里掏出了两张扑克牌大小的卡片，看了一眼，向观众介绍说："坐在舞台中间的这位长者，是一位值得我们无限尊敬和永远铭记的大师，他是文化天空下的一颗璀璨夺目的明星，犹如北斗一样指引着我们前行的路。"她又低头瞄了一眼手上的提示卡片，"他几乎代表了先进文化的前进方向，他对我们民族的贡献比山高，比水长。"耀眼灯光下的老人发出"嗷嗷"声，怪异而尖亮。他的孙子用手轻轻地推了几下他的肩膀，老人安静了下来。

女主持人接着说，今天我们在大师百岁诞辰之际，在这里隆重举行庆祝仪式并向他颁发终身成就奖，以表达我们对他的仰慕之情和真诚的敬意。现在，有请全国科学、哲学、文学、艺术终身成就奖评奖委员会主席万先生宣读授奖词，大家鼓掌欢迎！

万主席在掌声中走到台上，先向老者深深地鞠躬，再慢慢地移步至话筒前,从怀里掏出一张打印稿,戴上老花镜,用混合着江浙、岭南和胶东等多地口音的普通话宣读了授奖词。观众们交头接耳,相互求证,试图搞清主席先生到底说了什么。经多人解读,大体弄懂了他讲话的主要内容,大意是:某某大师在其八十余年的学术苦旅上,筚路蓝缕(听起来是男女),以启山林。逢山开路,遇水架桥。上下求索,不屈不挠。战天斗地,可歌可泣。继往圣之绝学,树后生之楷模。愚公精神,永放光芒……

在主席宣读授奖词的短短几分钟内,老人的嘴巴不时发出各种怪声,引发了场内观众的几次嬉笑。接下来,有两位穿戴靓丽的礼仪小姐向大师献花。当鲜花放到老人怀里时,他惊愕地用手推挡,把花束扔到了舞台上,口中又发出一阵刺耳的怪叫。

颁奖典礼的最后一个环节,是请大师发表获奖感言。女主持人将话筒递给大师,老人受了惊吓似的尽量把身子紧紧地靠在他孙子的胳膊上。他那已是中年模样的孙子,慢慢掰开祖父紧抓轮椅扶手的左手,在他的手掌上反复写着一个"讲"字,又把话筒递到了他的嘴边。老人终于张开了嘴巴,大声喊道:"我有罪;我该死!请不要再骂我了!"

全场的气氛突然紧张,出现了短时的沉寂。

"对不起,请允许我代表我爷爷讲几句话。"那位中年男子,从老人手里拿过话筒,向观众席鞠躬致谢,又向女主持人点了点头。

"是这样的,我爷爷早已双目失明,两耳也完全听不见声音了。八年前,他借助于助听器还能断断续续地听到一点外界的声响,现在他完全生活在一个黑暗无声的世界里。在他耳聪目明的年代里,他看到和听到的几乎全是对他的辱骂与诅咒,他接受了一场又一场批斗与清算。他曾经为自己变得又聋又瞎而感到庆幸,只是觉得自己活得太长了,认为这是上帝对他的惩罚。我记得十年前,当记者执意采访他时,告诉他——您的文集出版了。他十分惶恐地回答说:'同志,您认错人了!我是个文盲,从来没写过东西!'所以,今天的颁奖典礼和对他的赞扬与表彰只是主办者的自我安慰和自娱自乐而已,我替他谢谢各位……"

老人的喉咙里又发出了一连串的怪声,刺耳又瘆人。

聚光灯突然熄灭了,会场内顿时闹闹哄哄……

走遍世界

有一种旅游叫足不出户，有一种交往叫一人独处。
——题记

老朱在自家的客厅里支起了一个小帐篷，每晚蜷缩其中，自称是野外宿营。

三年前，他在地板上铺了一层厚厚的塑料布，上面印有世界地图，从此便开始了他足不出户的周游世界计划。

客厅虽说不小，但相对于地球而言则微不足道。用地图铺成的地面，比例再大，也经不起脚的丈量。即使老朱脱了拖鞋，踮起脚尖小心翼翼地在上面跳来跳去，就像在地雷阵中逃生似的，也难免一脚踩上若干个小国。每到此时，他都会产生极端的负面情绪，如同踩到地雷、针尖或狗屎的感觉，会脱口而出："靠，又偷越国境了。"

出国需要签证，尽管在地图上行走没有海关的盘问，但老朱的心里还是有阴影，每当他想眺望地中海迷人风景时，大脚拇指伸到了乌克兰，小指头却碰到了罗马尼亚，脚掌的重心十有八九地压在了白俄罗斯、波兰和立陶宛，这让他很不安。如果他脚踩西欧某些国家时，心情就会好一些，因为毕竟加入了申根协定，国与国之间游客可以自由往来，无须签证。

为了避免此类麻烦的发生并消除对自己旅游心情的不良影响，老朱会尽量在大国之间跳来跳去。他每天穿梭于俄罗斯、美国、加拿大、巴西、澳大利亚，偶尔也会去阿尔及利亚或南非，因为他把一个衣帽架塞到了墙角，那儿离南非很近。对面的墙角则竖立着一个小酒柜，那是阿根廷的地盘。

小帐篷当然支在中国的境内，老朱每晚都睡在祖国母亲的怀抱，他说："睡在这里，关键是没有时差。"

他把茶几摆放在澳大利亚，据说喝茶时能闻到从四面弥漫过来的海水味儿。小书桌安静地待在美国东部与加拿大交界处,在没有雾霾的日子,窗外的阳光会同时照到纽约和渥太华以及大西洋北部海岸。

伞状小帐篷的北方,中间隔着蒙古,跨过这片淡蓝色的疆域时,老朱常常吸吸鼻子,说那股羊膻味让他想吐。要去俄罗斯广袤的大地上散步,每次都必须经过蒙古地带,淡蓝色遮掩了沙漠,也分不清森林、草原和河流,只有难以忍受的膻味儿刺激着老朱那敏感的嗅觉。他几乎每天一早都到西伯利亚地区打套太极拳,脚踩俄罗斯肥沃的土地,双手在半空中比比画画,不时会侵犯到他国领空。打完拳,老朱边擦汗边凝视窗外,伫立片刻,眺望北冰洋。然后一转身,奔向澳大利亚,在那里泡上一杯酽茶,再端着茶杯跨过印度洋或太平洋到非洲或拉丁美洲转转。杯中的茶水有时会一不小心洒到地上,老朱十分紧张,赶紧蹲下身子察看哪个国家因他遭了水灾。若洒到非洲,他便嘿嘿地笑几声,情不自禁地喊道:"靠!又为沙漠地区解除了旱情!"若溅到了低洼之国荷兰,他便惊叫起来,立马找块抹布,擦干那水渍,生怕那里的人民遭受灭顶之灾。

尽管当作地毯的世界地图巨大，但老朱的游览仍然受到限制，除了时时有偷越国境之嫌外，各国的名胜景观挤在一起不能一一驻足观赏。于是他又有了新的举措，他把每个国家的地图都放大至客厅地板的面积，逐一铺到地上，再根据他对这个国家的喜好程度，每过一周或十天半月换一次，这样便实现了他的"深度游"计划。

老朱对自己的创意相当着迷，又添置了一把前后摇晃的躺椅和一把左右震动的按摩椅，分别摆放于所在国家或地区的机场和火车站，经常躺坐在上面微闭双眼体验飞机头等舱和高速铁路飞驰的旅途快感。

如今，老朱除了几个仍处于乱战状态的国家外，差不多游遍了全球。下一步他准备把放大的月球和火星图铺在客厅里，实现他太空旅行的新打算。当然，他说，这可不是闹着玩的，先得进行一番高强度的体能训练。

第二辑　集体生活

村里的写作者

我早就想劝他放弃写作的念头,可一直没说出口,就像人们常说的那样,每次话到嘴边又咽了回去。

其实,他要是个聪明人或者说还有那么一丁点儿自知之明的话,就一定能从我吞吞吐吐上下反复滑动的喉结上看懂我的真实想法。但,他没有,他缺少那比芝麻粒还小的一丁点儿的理解能力和自知之明。

他是我小学时的同学,甚至有两年是同桌。那时候他名字叫大镐,父母显然期望他们的儿子能靠体力谋生,刨地挖煤都需要镐头。在乡下如果你手里攥着一把好使的大镐,又肯下力气的话,温饱问题不愁解决不了。然而,大镐更喜欢纤细的铅笔和钢笔,他觉得把铅笔夹在耳朵上,把钢笔别在上衣的口袋里更能体现生活的美好。

只读完小学，大镐就不再继续上学了。高尔基《我的大学》深深地震撼着他幼嫩的心灵，他持续发烧了好些日子，口中只念叨着一句话："我的大学是社会！"烧退了，体温恢复了正常，但大镐的胸膛变成了炉灶，那里燃起了一团熊熊烈火。他先改了名字，最初叫"夜火"，后来又叫"洪滔"，再往后又叫"岳巅""冠顶"等等，迄今有百八十个。他告诉我们，那叫笔名，是一个作家的封号和旗帜。笔名没起好，注定文章写不出名堂。

这位拥有百十来个笔名的大镐，一转眼写了四十年，老婆跟村里的兽医跑了，儿子虽随他姓，但相貌、嗓音、脾气都与村东头开小卖铺的丁瘸子惊人相像。原先的三间小瓦房为还债而低价卖了，他只好捡起镐头在村北的山坡下就势刨出了一个可以栖身的坑洞，比窑洞更窄小一些，只能猫着腰进出。从此，他便安坐其中，在自己搭设出的一个小方桌上继续他的文学梦，写风、写雨、写花、写月、写远、写近……每到阳光明媚的春夏之季，他还会把桌子搬到离洞有五十多米处的一棵大槐树下，写一些波澜壮阔、万马奔腾的场景……

每当我回老家过年时，大镐总会执着地背着一个装满新作的大编织袋让我给提提意见。那是我最纠结的时刻，他瞬间的兴奋和希望点亮了他早已昏暗的目光，他从袋子里掏出一摞摞码放整齐的稿纸，按他的分类印有诗歌、小说、散文、剧本，还有一些替大报大刊拟定的社论、述评等等，让我眼花缭乱、气短胸闷。加上他滔滔不绝的口头补充，哪有我提意见的份儿？在我每每试图打断他的自吹自擂，并打算劝他断了当作家的妄念时，家里的亲戚兄弟和周围的街坊邻居总向我使着眼色，阻止我把那残酷的结论说出来。他们都争先恐后地笑着夸赞他写得好，嘻嘻哈哈地哄他捧他，他似乎听不出这些赞美声中的讽刺与嘲弄，十分认真地享受这些虚假的恭维。

"嗨，他就是个精神病，何必跟他较真呢？只要他高兴，爱写啥写啥。他说他是鲁迅，我们也认了。"二哥看得透彻，等大镐一走，我们就开始喝酒。

去年春节回家时，大镐又缠住了我，因为他又写了一部"具有里程碑意义的鸿篇巨制"。他在我家炕上，当着村长的面，小心翼翼地打开了用三层报纸包裹的三大摞、一尺多高的稿纸，像是给襁褓中的婴儿换尿布似的，上面用毛笔赫然写着四个大字：奥巴马传。

"这是你写的?"我一脸迷惑。

"嗯，那还用说!"他亢奋地挠着蓬乱的头发。

"美国总统?"

"嗯，那还用说!"

"真了不起! 真了不起!"我也挠了挠头。

"写得真不错! 我看了，那里面的奥巴马干的那些坏事，跟我差不多!"村长嘿嘿地笑着，冲我眨巴着眼睛。

二舅的权利

多年没去看望乡下的二舅了,母亲为这事儿唠叨过好几回了,虽然没有直接骂我,但从她的话里话外还是能听出她对我的各种失望。

"小时候,你二舅最疼你了。上树替你掏鸟蛋,把脚脖子都摔断了,到今天走道还不利索呢!"

"上小学那会儿,有一回赶上下大雨,你二舅去学校背你回来,蹚水过河差一点把自个儿淹死!"

"你进城读高中,你二舅省吃俭用把娶媳妇的钱拿出一半儿,供你上学,唉,可苦了他了,眼睁睁地看着快进门的新媳妇跟人跑了。"

"你二舅前年得了场大病,在市里的大医院做了手术,肠子给割掉了三尺半,他说你忙,不让我告诉你。

唉，亲外甥有啥用呢？"

"这些年乡下的日子也不好过啊，没个好吃好喝，也没个好穿好用，你二舅身体又差，那几亩地就够他招架的……"

"你表弟常年在外地打工，过年过节也不怎么回来，抱养的就是抱养的，跟亲生的差远了。不知今年春节你二舅家杀没杀猪，有肉吃没……"

经不住妈妈的反复唠叨，更不愿成为她老人家眼里忘恩负义的不肖外甥，我过年前特意请了两天假，专程回了趟老家，去看望我多年不见的亲二舅。

正如妈妈所说，二舅的腿当年为我掏鸟蛋摔折过，出来迎我时走路有些跛。他手里握着一把铁锹，正收拾鸡圈里的粪肥。

"你小子把二舅忘了吧，好几年没见啦！"二舅放下铁锹，顺手接过我手里提着的豆油、鱼肉等年货，高兴地嗔怪说，"来就来呗，还花这些钱。今年家里啥都不缺，米、面、油齐全着呢！"

"二舅，你咋只带一只棉手套，那只呢，丢了？"我见他手上的那只手套是崭新的。

"没丢，没丢，开春再戴另一只！"二舅嘿嘿地笑着。

"来，快进屋。你看，这是村东头王大下巴三儿子前天给的油，鲁花花生油，一桶十斤呢！够吃大半年了……"

"来、来、来，你再看，这是张二猛昨天扛来的一袋白面，听说包饺子、烙油饼可筋道啦！"

"你再看看这大块羊肉，多肥呀，炖萝卜够全家吃好几顿……"

"你瞅瞅，这是啥？东北高级大米，锅里一蒸，没牙的人都能吃两碗，这也是人家送上门的。"

"我就说嘛，今年春节咱是要啥有啥，用不着你花钱破费……"

二舅一脸知足的笑意。

"二舅，我妈可惦记你了，就怕你吃不饱穿不暖，非逼着我扛着年货来看你。二百多里的路呀，二舅，汽车又挤，累死你外甥啦！"我趁机自我表扬一番。

"今年你不用来，明年后年你要来。"二舅认真地说。

"为什么？"我不解地问。

"你等等，有人找呢。"二舅打断我的话，起身往屋外走。

"哎呀，白二叔，没出去走走？正好在家，我大哥让我来给您拜个早年……"一个年轻小伙子跟着二舅进了堂屋。

"这不好吧？这个我不能收。再说了，一个庄稼汉穿哪门子皮鞋啊！"二舅的大嗓门能传出二里地。

"小点声，白二叔，就是点心意。没别的意思，这鞋子好啊，上等牛皮做的，市里的名牌货。另一只等那个事儿完了以后再送来，您放心吧！"年轻人贴着二舅的耳朵又小声嘀咕了几句。我在屋里咳嗽了两声。

"哦，家里有客人，那我不耽误了。记住了，白二叔，等过了正月十五我大哥亲自过来给您拜晚年，他这些日可忙了，不送，不送。"小伙子连蹦带跳地跑了。

二舅手里拎了只锃亮闪眼的新皮鞋在我眼前晃了晃，说："你看，又有人给我送礼了！"

我说："怎么就一只？"

舅说："另一只等投了票再给！"

"怎么个意思？"我真有点看不懂。

二舅说："我不是告诉你了嘛，今年过年啥都不缺，吃的喝的穿的戴的一样不少。你看这米、面、油、盐，还有这手套、皮鞋，都是人送的。这不是嘛，咱村上要换届选新村长了，想当村长就得拉选票，这一拉票就得挨家挨户给点好处，我也有一票。棉手套和皮鞋都先给一只，等投了他的票，他才再送另一只，怕咱收了东西占了便宜不投他票……"

"上面让这么做吗？"我心里犯上了嘀咕。

"不让又咋样，不都这么干吗？"二舅笑着叹了口气。

"那您打算投票给谁？"

"谁送的礼大就投谁呗。"

"那别人送的东西咋办？"

"到时候他们来要就还给他们，不要就吃了喝了。"

"你倒想得开！"

"有啥想不开的，人家送来了，你要是不收下，就等于说不同意人家当村长，那不是得罪人嘛！"

二舅又用手指了指堵在墙角的那几袋米、面和两桶油说："今年过年不愁啦！"

临别时，我从口袋里掏出了一千块钱，让他随便买点什么，贴补贴补家用。

二舅急了,说:"给我这么多钱,你小子想当乡长、县长啊!我只有权选村长,乡长、县长不归你二舅选,你就别破费了!"说完,他豁牙露齿地笑了,引逗着鸡窝里的那几只母鸡也扑棱着翅膀,咯咯地跟着起哄。

改不掉的毛病

"二姐这个人哪儿都好,就是喜欢偷东西!"大朱就是这样评价她老婆的。

大朱管她的老婆叫二姐,听起来既亲昵又别扭。

据大朱说,他家里日常用品基本不用花钱,全是"二姐"顺手牵羊弄回来的。

他说,不管是床上铺的、身上盖的,这些被褥枕头,统统都是她在外地被服厂打工时寄回来的,包括我们全家人一年四季穿的衣裤鞋袜。

你再看看这厨房,锅碗瓢盆、油盐酱醋、瓜果蔬菜,没一样是买来的。

还有洗手间里的五颜六色的化妆品,够十个女人用一辈子了。

我们家根本不缺钱，她压根儿就犯不上做这些不干不净的事情。没办法，她就这么个爱好。有人说她这是得了一种病，偷东西上瘾，不偷不行！她妈妈也就是我的丈母娘告诉我，二姐从小就有小偷小摸的天分，笔墨纸张装了好几大箱子，光文具盒就有一百多个。

二姐做过许多职业，幸亏没在银行干过。结婚后，大朱把她强行留在家里，不准她外出工作，甚至限制她到亲戚朋友或街坊邻居家串门。"但她总得买菜做饭吧！"大朱无奈地摇着头，自言自语道，"二姐生性就是个闲不住的人！她空手去菜市场或是小超市，回来时大包小包一大堆，外加满面笑容，从米面鱼肉到香皂手纸、牙膏牙刷，样样俱全。如果你翻翻她的衣兜，针头线脑又能掏出一大把，连高筒靴里都塞满了餐巾纸。"

常在河边走，哪能不湿鞋？有一次，二姐怀里抱着孩子去超市买奶粉，结果被弄到了派出所。隔了两天才回家，孩子饿得哇哇叫，她没有一丁点儿愧疚，竟笑嘻嘻地从棉袄里拿出了三副手铐和两根警棍。

"唉"，大朱叹口长气说，"我有七八年没敢和她亲过嘴了，生怕丢颗牙！"

二姐出事后,大朱跟警察交代:"我本以为她生了孩子当了母亲后能改掉这些坏毛病,至少别给孩子树立坏榜样。她口口声声答应着,却不按我说的去做。从妇产医院出院后,家里又多了七个听诊器、五根压舌板、四件白大褂、五六顶护士帽,还有十几支体温计和病房里用的床单、枕巾等等。这些我都认了,可以出庭作证,但警察同志,我做梦也没想到连这孩子也是偷的。她是抱回了两个孩子,一男一女,她告诉我是双胞胎,而且是龙凤胎,我一兴奋,就没往别处想,这种事情谁敢想呢?是的,这对孩子越长越不像,可二姐说世上哪有一模一样的双胞胎呢?既然你们证据确凿,该抓就抓,该关就关吧,那是她罪有应得。但是这回你们千万可得给她看住了,别再让她偷两个犯人带回家!"

嗓 音

忘不了她，完全是因为她独特的嗓音。

当年在开往东北的火车上，我一下子迷上了她。

十六七岁的模样，脑后扎着一束翘起的马尾辫，侧着脸望着窗外，夏日迟归的余晖抹在红扑扑的脸上，像化了妆等候上场的演员。她对着车外疾速后退的树林，不合时宜地唱起了《让我们荡起双桨》。

兴奋、颠簸了一整天的青年男女，开始有些打蔫了。她的歌唱声音不高，却驱走了车厢里的渐渐浮起的沉闷。大伙儿不由自主地随声唱着同一首歌，一遍又一遍，从低到高。有几位活跃分子跑到过道中间，又蹦又跳，挥舞着双手向前后左右转着圈儿充当指挥，整齐的合唱又被口哨声、起哄声和口号声撕裂成了乱糟糟的碎片。不知哪个女生先哭了，接着又有人哭了，哭声好惨，压过了歌声。男生也开始哭了，甚至抱在了一起，最后整个车厢哭成了一团。

她被带队的领导叫走了，遭到了严厉训斥。因为她是第一个开口唱歌的，是肇事者，是罪魁祸首，当然应该受到惩罚。领导责成她站在车厢的过道上做检讨，她委屈地流着泪，抽抽搭搭地做了自我批评。尽管带着哭腔，但嗓音确实很特别，音色音质很美，一副天生的好嗓子。她叫韦虹，很多男生都记住了她，包括我。后来听说，她小学时是市少年宫合唱团的领唱，参加过在人民大会堂举行的大型音乐舞蹈史诗《东方红》的演出。

在星凯湖附近我们安营扎寨，我一路上都渴盼着能与她分在同一个连队里。我知道，其他男生也有同样的心理。我的同学亮子就两眼紧闭双手合十地向伟大领袖祈求帮他满足这一小小的愿望，并唠唠叨叨地向毛主席保证，只要能与韦虹分在一起，就永远扎根北大荒，洒尽鲜血干一场，一生一世不彷徨。

韦虹没有下连队，她被直接留到了团部。团里组建了业余文艺宣传队，吸收一些擅长吹拉弹唱的文艺骨干,隔三岔五地集中排练和演出。韦虹天生的优美嗓音让火车上训斥她的领导过耳难忘,他推荐她进了宣传队的合唱团。

韦虹不满足于当个合唱演员,尽管她有过多次领唱和独唱的机会。她更喜欢朗诵和报幕。队里和团里的领导一致认定她的声音条件具备很大的艺术潜力,稍加训练便能成为舞台上的女一号,她却哭着鼻子坚持认为自己更适合朗诵充满革命英雄主义的诗篇。于是,在她获得建设兵团会演女声独唱一等奖之后,便改任宣传队的报幕员(相当于主持人)。此后的每场演出,不论观众用多么热烈的掌声,多么强烈的呼喊(韦虹,唱一个!韦虹,唱一个!),她都没有再唱过,而是雄赳赳气昂昂地走上舞台,朗诵一段毛主席语录或是诗词,甚至会背诵一段报刊上新发表的言辞激烈的大批判文章。

韦虹的声音渐渐发生了变化,不再如过去唱歌时那般甜美、圆润、细腻,而是由银铃演变为战鼓,从百灵鸟的清脆婉转到狮吼般的声震山林。团领导认为她的声音更适合担当广播站的播音员,播报一些充满火药味和威慑力的战斗檄文。韦虹兴奋地接受了组织安排,决心用她那坚定正确的、体现时代风貌和进步力量的极具战斗力的声音为批判和摧毁一切反动势力、粉碎敌人的猖狂进攻，为誓死捍卫毛主席的革命路线而呐喊助威！

通过高音喇叭，韦虹的声音传遍了整个兵团农场。经过她播报的新闻显得格外重要，犹如中华民族又到了最危险的时刻；通过她传达的上级精神透着无可争辩的真理性，仿佛一句顶一万句；由她发布的各项决定公告传递着不容置疑的权威性，好像人人都只能老老实实，不敢乱说乱动。尤其是她朗读大批判文章时，声音中透出与生俱来的正义感和摧枯拉朽、排山倒海、刺破青天的巨大力量，谁听到那声音，都会不寒而栗。用她那经过扩音喇叭提高了若干个分贝的话说："让那些瞎了狗眼的反革命跳梁小丑们躲在阴暗的角落里瑟瑟发抖屁滚尿流吧！"除了播音，韦虹还经常出现在兵团举行的一些誓师大会、批斗大会和公审大会的现场，坐在主席台左侧下方为她单独设置的一张小方桌旁，面前摆放着一只用红绸布包裹的话筒。每到关键时刻，她那恐怖凛然的声音便会突然高调响起："将反革命分子某某某押上来！""把苏修坏分子某某某押下去！"更多的时候，她充当口号的领呼者,会场上不时回荡着"打倒某某某!""砸烂某某某的狗头!""打倒美帝国主义及其一切走狗!"等一波高过一波的声浪,就连一直暗恋她的亮子此时也会感到"腔沟子发麻,大小便失禁"。韦虹从领唱变成领喊,脸上洋溢着无法掩饰的成就感。

正因为韦虹的声音体现了时代的强音,折射着她内心坚定的阶级立场和鲜明的政治态度,所以,她多次立功受奖,并被提拔为团部宣传组副组长,其间还被借调到福建厦门某地隔海喊话,动员海峡对岸的"台湾同胞们,放下武器投诚起义"。到知青返城时,兵团正酝酿把她提拔到更高的位置上发挥其独特的作用。

回城以后,知青们为了生计,各自奔波,找不到固定职业,我们变成了这座城市里的"多余人",成了家庭的包袱和累赘。韦虹凭借着在兵团的优异表现和一副天生的好嗓子,在区里的一家少年宫谋得了一份教孩子唱歌的美差,而我等不少同学却揽点粗活,蹬蹬三轮车、打打零工。不知是何缘由,韦虹在少年宫只干了两年,便离开了那里,独自一人在动物园附近摆了个服装摊,很多兵团战友都曾在那里碰见过她,因为她的叫卖声高亢而尖亮，距离很远就能听到她那"时代的强音"。

韦虹过了三十岁才结婚，半年后又离婚了。据说她老公无法忍受她那充满敌意的"高音"。这位曾经几乎一度以相貌和歌喉迷倒我们所有男同胞的著名美女，长时间孤身独处，引起了当年朝思暮想渴望得到她的许多战友的猜测和议论。每当聚会的时候，已界中年的团友们常常提到她并相互开着玩笑，但没有哪个人敢往前走一步。他们把韦虹的声音视为那个时代最悲怆最恐怖的记忆之一，称她的声音像鲁迅的杂文一样是匕首、是投枪、是长矛！与拥有这种嗓子的女人相伴，无疑是自虐、自残、自杀！大伙儿常常在"妖魔化"韦虹声音的玩笑中获得某种解脱和满足。

一个月前，我们团的少数积极分子张罗着搞了一次大规模的聚会。在那里，一家叫作"知青之家"的中档饭馆里，我见到了已分别三十多年的韦虹，她显然老了，齐刷刷的运动员发型已经花白，嗓音却依然尖锐，只要她一开口，高音立即压过会场的喧哗。有人告诉我，她五十岁那年又结了婚，嫁给了当年为她整夜整夜睡不着觉的亮子，这让我很惊讶。因为亮子确实私下里评价过她,说一听到她的声音就"腚沟子发麻,大小便失禁"!后来有人解释说,他俩走在一起,是天配地造的一对儿。为什么?那人牵强附会地分析道:"亮子原先是搞书法的,写一手漂亮的毛笔字,到了建设兵团后,上级领导发现了他的特长,便抽调他到团部去,专门写标语、口号、公告,最后写废了,那些用排笔、粗笔写在墙上、布上、纸上的字越来越空洞、残忍,看上去触目惊心、杀气腾腾。他回城后也想重新捡起他的书法,却总也找不回来那种艺术感。他也是二婚,跟韦虹合伙过日子最合适不过,一个喊口号的,一个写标语的,都错用了天赋,凑在一起谁也不嫌弃谁……"

那次聚会持续了大半天,像以往的相聚一样,总是在大伙儿嘻嘻哈哈高歌一曲"红色经典"的欢笑声中结束。由于韦虹的到来,那天唱的歌格外多,从《革命者永远是年轻》一直到《毛主席走遍祖国大地》,一首连着一首。除了个别同学要急着回家接孙子孙女放学外,绝大多数到了深夜还在兴致勃勃地闹腾着。韦虹突然尖声喊道:"静一静,静一静,让我们最后一起高唱《文化大革命就是好》。"场内的喧闹声戛然而止,大伙儿愣愣地相互呆视着，不知是谁打破了沉寂，先咳了一下，然后说，太晚了，今天就散了吧！大家这才缓过神来，纷纷起身收拾东西呼呼啦啦地往外走。韦虹又喊了几嗓子，动员战友们与她一起唱，但没人附和。我趁机离开座位，蹦跳着蹿出大门。歌声从身后传来，但不是合唱，而是韦虹一个人的独唱……

尾随跟踪管理法

师傅们说,大余原先是个傻子,当了干部之后就变成了疯子。

大余是一名小车司机,也会开货车,据说当兵时还开过坦克。

机关的小车班共有七辆车八个人,人人都会开车。班长负责日常管理和车辆调度,主要职责是给其他司机派活儿,但并不完全"脱产";若有司机生病或因事请假时,班长要顶班,跟别的师傅一样出车上路。

小车班归局里行政处总务科交通股领导,专门负责局领导公务用车,其他普通干部坐通勤车上下班,由"大车班"负责。像所有单位的司机一样,由于在大机关待久了,难免染上官僚主义和衙门作风。一般看来,官僚主义总是发生在自己的上司身上，官越大架子越大，官僚主义的毛病越严重。其实仔细想想，小老百姓也能染上这种毛病，尤其是大机关里的小职员，有时病得更重，就连看门扫地的都会打官腔、摆架子，俨然一副大干部嘴脸。在这方面，给领导开车的司机格外明显。

局里决定对小车班进行一次革命性的彻底改革，从体制、机制上动大手术。局长说再不改革不行了，到了非改革不可的程度了。小车班的司机都成了"大爷"，上班时间打牌搓麻，用公车干私活儿，修车拿回扣……更为严重的是，嘴上没个把门儿的，经常背后说领导的闲话，散布各种"小道消息"，跑风漏气，从人事变动、干部调整、分房涨资一直到宴请吃喝、开会见人和桃色绯闻，无所不谈，已经成为全局的信息集散地和谣言源了……所以，局里批准了行政处的改革方案——将小车班改名为小车服务队，实行承包责任制，除保留一辆奥迪车归局长一人专用外，其他六辆均向全局干部职工开放，即局领导用车时优先保证，领导不用时允许他人使用，但需参考市场价格（出租车价格）收取费用，以车养车，以弥补行政经费之不足。

大余主动要求承包车队，挨个儿做工作，说服司机同事们投他一票，让他当队长。大余请他们吃饭喝酒，递烟端茶，前后花了一千多块钱。大伙儿嘻嘻哈哈连讽刺带挖苦地选他当了队长。其实，除了大余，谁也不想承包这个烂摊子，更不想当队长操这份闲心，因为这些年，人人都轮流当过小车班班长，只有大余没做过，大伙儿平时都喊他叫余傻子，埋汰他"一根筋""少根筋""二百五"，说他开车"手潮""路盲加路痴"。"只要前面有一辆车，他就说堵车了"，"只要路一顺，肯定是跑错了方向"，让他送王局长开会，他没准儿就把张局长送到火车站，结果是王局长没开成会，而张局长耽误了飞机。

大余终于做了队长，管上了六辆车，兴奋得一个礼拜都没睡好觉，连夜制定"余氏管理模式"，并让读初中的儿子帮他画了各种"余式改革示意图"，张贴于车队办公室。同事们笑喷了，夸余队长有魄力，相当于中国改革的"副总设计师"，嘲弄他不出一年半载准能坐上局长宝座。

为检验自己的新措施是否有成效,在大余上班的第三天就这么调度车辆:早晨八点整,派小胡开车送某副局长去机场,八点十分再派老丁开车跟踪小胡以防止他到机场后干私活;八点二十分他又交代老马开车盯住老丁,看他是否真的去跟踪小胡了;八点三十分又命令新司机小高去追上老马,弄清他是否与老丁串通,一起去郊区游玩了;八点四十,他给因事请假准备参加侄子婚礼的大赵打电话,通知他立马归队加个班儿,让他撵上小高,阻止他和老马去郊游。大赵刚走,大余就在办公室急躁地来回踱步,然后一跺脚,骂了句"他妈的",就开上因挡风玻璃破碎而停驶的那辆"桑塔纳"冲出了大门,他狠踩油门,生怕大赵一转眼就跑出了自己的视线外。他断定,大赵追上小高、老马、老丁和小胡后,肯定会拉他们一起去参加他侄子的婚礼,喝醉了喜酒,再送家人们回家。

大余因驾驶破损车辆上路,被交警扣下,他除了交罚款外,还写了份书面检查。警察从中了解了他的"尾随跟踪管理法"。

集体生活

我们几个老头儿,没事时围坐在一起,看着敬老院凉亭石桌上爬动的一群群黑压压的蚂蚁,猜它们在干些什么,以及它们各自的心思。有人说它们在开会,有人说它们在学习,还有个老家伙说它们在游行,抗议美帝国主义。尽胡说!我们一起闷乎乎地笑着,一直等到院长喊我们集合、点名,每人分一个橘子。我这时就想到自己,很像一只蚂蚁。

父母参加革命了,我刚生下来就被送进了育婴院,从此过上了集体生活。

稍大一点,我从育婴院转到了幼稚园。再往后,就是读小学,上中学,当兵,做工,其间还被下放到农场劳动改造,也入队、入团、入会、入党。退休了先是归老干部处管理，仍需参加一些组织生活和集体活动。如今年老体弱，被照顾到了养老院。自小到老，从未脱离过组织和集体。想必到了那一天，依然会住在公墓里，密密匝匝地挤在一起，就像聚成一团的蚂蚁似的，继续开会、劳动、学习……

幼稚园以前的我，没有集体意识。阿姨们教我们排队、举手、齐步走，积极向阿姨报告那些不听话、不守纪律、私下里偷偷说话的犯了错误的小朋友。告状会得到小红花，甚至会分到一块硬糖。大家争先恐后地揭发小伙伴的不是，我也成了小告状迷，一看见身边的哪个小家伙尿了裤子、碰翻了饭碗，就兴奋得手舞足蹈，又有了"立功"的机会。

小学、中学就不用说了，集体意识进一步增强。入队、入团，争当先进，都必须关心集体、热爱集体。凡是班级、学校组织或号召的活动，我都积极参加，必不落下。我们班长最看不惯一个人闷头独处了。只要有同学单独一个人躲在角落里看书或发呆，他就觉得那个人有了思想问题，说不定是个人主义在作怪。中学时的团支书更是如此，她主张不论看书、唱歌，还是跳舞、运动，都应该大家一块儿参加。她常把我们召集在一起，共同读一本书，几个人轮流着念上一段。唱歌自然是合唱了，由她亲自指挥打拍子。团支书最反对跳交谊舞了，所以我们经常围成一圈，汗流浃背地学跳集体舞。毕业前，有位男生一连几天都沿着河边独自散步，被我们发现后连续开了几天会，从灵魂深处帮助他克服这种脱离集体的自由主义的危险倾向。

等参了军当了兵，那就更不能离开集体一小步了。集体住、集体吃、集体训练、集体学习、集体洗澡、集体看电影，多以连为单位，一百多号人谁也躲不开谁，偶尔有年龄大的娶老婆了，也是举行集体婚礼……

后来复员到了工厂，还是住集体宿舍，吃集体食堂。那些回乡务农的战友跟我们也差不了多少，在人民公社的大家庭里过着集体化的生活，上工放工都听队长敲的钟……

快退休那会儿，还真有些担心，生怕回到家里，一个人孤零零地待着，没有旁人监督和帮助，自己再犯了错误。还是组织考虑得周到，摸透了我这种人的心思。退休的第二天，就有人来通知我到老干部处报到，并参加老同志志愿服务队，戴上通红的袖箍，去厂区巡逻，还经常到马路上维持交通秩序，到社区做义工。天天集中起来听广播、看电视、读报纸、学文件，累了就和一帮老太太跳扇子舞、扭秧歌、做健身操，一点儿都不孤单……

如今腿脚不方便了，不能发挥余热了，又让我搬进养老院，结识了许多新的朋友。大伙儿坐在一起虽没什么话可说，但你看着我，我看着你，目光也能交流。现在的年轻人常说些个人隐私、私人空间之类的新鲜词，不知他们到底要干什么……

前几天院长用开水浇散了凉亭石桌上那越聚越多的蚂蚁，我和几个老哥们儿只好挪到了一棵老杨树的树底下，像回到幼儿园那时候一样，兴致勃勃地观察蚂蚁上树，挺有意思的。

只有一件事我觉得有点遗憾，从年轻时起我就想找个机会单独与我老婆说说悄悄话，可一直没能如愿。那些年我俩长期两地分居，不是你有活动就是我有活动，实在碰不到一起，连孩子都没要上。有时候想给她打个电话，可身边一直有人，找不着空隙。她死那天，我正参加社区组织的大合唱,没好意思请假,也就没和她说上话……其实她也理解,不会怪罪我的。我心里想好了,等哪天趁管理和看护人员不注意,我偷偷摸摸地溜出院子,在路边烧几张纸,把这辈子想说的话,痛痛快快地说给她听。

排　队

三岁那年，我哭着喊着被送进了幼儿园。

没等我把眼泪鼻涕擦干净，就开始学着排队。先是用一根绳子牵着，二十多只小手紧紧地抓住绳子，蜈蚣一样地走来走去。再大一点就不用绳子穿串了，小个子站前头，大个子站后头，一个挽着一个。我个头小，站到了第一排。阿姨一喊向前看齐，我就双手叉在腰间，后面的小朋友平举双手与我保持一致，很快就站成了一条直线。这个姿势和队形一直持续到小学毕业。当然，不光走路要排队，早操和课间要排队，坐在教室里也要排队，还是按个子高矮，前矮后高地整齐排列。

中学毕业后便参了军，排队更是每天生活的主要内容。早晨哨声一响，我们就一骨碌从床上爬起来跳到地上，以最快的速度穿上衣服，再边跑边系扣子，气喘吁吁地站到操场上排队、点名、齐步走、前后左右转。上厕所、进食堂、吃饭、洗澡、看电影都先要排好整齐的队伍。

复员到了工厂又得继续排队。分房子要排队，涨工资要排队，这用不着站着，而是等着，等得你心里没底，不知排到猴年马月才能轮着。那些年不论买什么东西都得排队，买米买油买鱼买肉要排很长很长的队，看不见头也望不到尾，好不容易排到你了，东西又卖完了，能把人活活气死。

有一阵子，我甚至羡慕那些出身不好或被打成"地、富、反、坏、右"的黑分子们，他们常常被告知不准排队，尤其是购买紧缺商品时。因为，我时常排了几个钟头的队，等挤到柜台前，却被售货员冷冷地丢下一句："卖完了，明天早点来排队！"当时我想，同车间的"于罗锅"又他妈的占便宜了，这小子的父亲当过国民党兵，背着"历史反革命"的黑锅，根本没资格购买春节特别供应的一斤猪肉。所以他就免去了排几天队的辛苦。

后来好了,至少买东西不用排队了。可我们那家工厂破产了,领取下岗补助金排队等了两年。想托领导给儿子安排份工作去送礼又得排队,一生气去找上级有关部门提意见还是要排队。送礼的人多,提意见的人更多,一般人根本就排不上。

人一老,身体就不灵了,不是这儿出了毛病就是那儿出了毛病,要去医院找大夫看看吧,还是没完没了地排队、挂号、检查、交费、取药,一个个长队,看得你眼晕。大夫说,你能坚持把所有的队排完,那证明你的身体还不错,一时半会儿死不了。若你对排队没把握,千万别去大医院。

如今,我身患绝症,将不久于人世,正排队等着去另一个世界报到。我用尽生命的最后一丝气力,反复催促儿子早一点去火葬场排队,提早帮我选一个小小的存放骨灰盒的地方。不早打算不行啊,这年头的风气越来越坏,干什么都得托人走关系,加塞的人太多了。我原先的那位厂长就比我有福气,年龄虽比我小一岁,可人家十二年前就走了,那时火化用不着排这么长的队。

草　原

草原只是个概念。

沙漠是传说中的草原,那里曾经飞过雄鹰。如今,它的丑陋败坏了草原的名誉,模糊了人们的记忆。

有人在炒作"草原"概念。沙漠中出现了尼龙草、塑料花和合金骨架搭建的蒙古包。老牧人向游客们描述着昔日"风吹草低见牛羊"的肥美景色,神情既兴奋又悲凉。

子孙和游人半信半疑的目光深深地刺痛了老人的心,他发誓——以祖先的人格担保,我所说的一切都是绝对真实的,不是幻觉幻象。他曾经生存其中,那副"雕花的马鞍"就是物证。他眼睛里闪着泪光,记忆中的家园并不遥远。

牧人的儿子离开了草原,他是坐着拖拉机走的。那时黄沙没有如此猖狂,青草倔强地与入侵者进行着殊死搏斗。锹、镐、锄,把草原糟蹋得遍体鳞伤。隆隆的马达声彻底粉碎了草本植物绝望中的梦想。粮食作物要在机械化开垦的大地上安家落户。连一个春天都没熬过,就像牧民们进城之后水土不服一样,玉米、大豆便断子绝孙了。

"野火烧不尽,春风吹又生。"牧人们相信草原还会出现奇迹。盼了一年又一年,再没见到绿的踪影。

牧民的儿子回来了,他在大学里学到了回天的技术。他发誓一定要让乡亲们看到那生命的颜色。几年过去了,他垂头丧气地又走了。他说,他再也不回来了。他的家乡在别处,在有绿色的地方。

说归说,牧人的后代无法割舍草原情结。他又回来了,他带来了"草原"的概念。他说,只要心中有绿色,世界就是绿的。

有人问他,你这些年做啥去了?他憨憨地笑着,见四处无人,他告诉问者,我是搞意识形态工作的。

红皮鞋

拥有一双红皮鞋,是我家两代人的梦想。

小时候,农村很苦,家家户户的日子过得紧巴巴的,大人们一般都穿着破烂的布鞋和胶鞋(胶鞋又称"解放鞋"),皮鞋几乎很难见到。至于小孩子,春夏秋季基本上都打赤脚,光着脚丫子四处跑,包括到学校读书,冬天里才能穿上里面塞着软草或碎棉花的"解放鞋"。

村长有一双皮鞋,颜色是红的。据说,他当年当兵打仗时去过上海,这双鞋就是从上海带回来的,是买来的还是偷来的,已无从考证。

村长的红皮鞋很扎眼,每年只穿几天,就是过春节拜年的那几天。

村子里无人不知这双名气很大的红皮鞋,从五十年代开始,每到过年时,这双颜色鲜艳的鞋子就会出现在村子里的各家各户。村长上身穿着件半新的青面小棉袄,两只袖子耷拉着,走路一甩一甩的,因为村长的胳膊永远都不插在袖子里。

年长日久,只要红皮鞋一出现,就伴随着爆竹声。这双鞋就如同春联、灯笼一样,是过年的象征。村长穿着这双鞋,显得很有精神,官味儿也很足。毕竟是见过大世面的人,红皮鞋是从上海带回来的,除了村长,村子里没有人知道上海到底在村子的什么方向。

红皮鞋为村长带来了荣耀和体面,也为他带来过麻烦和不幸。有一阵子搞"三反""五反",有人由红皮鞋联想到他的经济状况和生活作风,于是上级办了"学习班",并没收了他的那双知名度很高的红皮鞋。村长心疼了好一阵子,一提起这件事,他的嘴里就不干不净说出许多难听的话。那年冬天他没挨门挨户地拜年,想必是没有了红皮鞋的缘故。运动过去了,上级又把红皮鞋退还给了村长。村长乐得合不拢嘴,春节时家家户户又看到了村长脚上的鲜红的颜色。过了些年,"四清"

工作组又拿村长的红皮鞋找碴儿，这一回红皮鞋虽然保住了，村长的位子却让别人占了去。那一年，村长又没拜年，光有红皮鞋而丢了职务看来也不行。

再后来，村长又穿起了红皮鞋，在春节喜庆的气氛中走家串户。当着村长的面，乡亲们都喊他村长或大爷、大叔、大哥、大舅的，但背后都统一叫他"红皮鞋"。"红皮鞋"成了村长的绰号。

我父亲和我哥哥都曾渴望有朝一日能穿上那双与权力、地位和尊严相一致的红皮鞋，但一直未能如愿。

四十多年过去了，我早已离开了那个村子。那双深深印入我童年脑海中的红皮鞋也渐渐被淡忘了。老村长两年前告别了人世，那双红皮鞋大概也随着他或者在他去世之前废弃了。

前几天，我儿时的一位小伙伴来京旅游并找到了我。见面的一瞬间，我的目光就被他脚上那崭新的红皮鞋吸引住了。"当村长了吧？"我本能地问。"你怎么知道的？我刚上任。"他憨笑着。我也笑着，脑海里浮现出小时候的情景。

见 识

日头快落的时候,石老汉从城里回来了。

他两手空空,满脸通红,一嘴胡话。

老伴儿一见他这副德行,说出的话就不受听:"你又死到哪里去喝马尿了,办的年货呢?你这个不中用的木头疙瘩,让你进城买年货,你又拿钱换酒喝了。呸,你还有脸回来!"老婆一边骂一边冲门外吐唾沫。

石老汉嘿嘿地笑着,把嘴贴近老婆子的耳边,说:"我今天可开眼了,我见到大人物了!"酒气直往上蹿。

"大人物?我看你见了鬼了!"老伴儿没好气地使劲儿一推。

老汉打了个趔趄,晃了几下又站住了。"大人物,大官儿,还跟我握了握手,那手软绵绵的,像大姑娘。"

老头儿自言自语道。

"呸,你个老不正经的,还想摸大姑娘的手。"老婆子抄起一把笤帚朝他身上打。老汉朝旁边一闪,脑袋撞到了门框上。他一手搓着头,一手夺过笤帚,"你瞎嚷嚷个啥,什么大姑娘大姑娘的,人家是大官儿,你懂个屁!"老头儿急了。

石老汉见老婆子不信他的话,干脆一甩手走了,他要到村长家去,说给村长听听。他敢肯定村长也没见过这么大的官儿。

村长听着石老汉比比画画地说了一番,他知道这个老头儿的酒喝高了,他逗着老头儿问:"大官儿?难道你见到县长啦?"石老头儿满脸不高兴:"什么县长,他可比县长大多了。"村长全家的人都哈哈大笑了,他家儿媳妇赶快去喊石老汉的老婆和儿子,让他们把醉鬼拉走。他老婆紧着向村长一家人赔不是,骂自己的老头儿疯了,肯定是进城受了什么刺激了,要不,不会一嘴胡话。

正当大伙儿七手八脚地往门外推拉石老汉时,电视里播发了一条重要新闻吸引了大家:一位全中国人都熟悉的面孔出现在屏幕上,他向欢呼的人群招手示意,还走去伸出手来跟拥到他身边的人握手。天哪,有一个老头儿正是石老汉,握手的那一瞬间老汉的眼里闪着泪花,那个镜头很突出,给了个特写。

大伙儿赶快把石老汉松开了,又一块儿把他抱了起来。全村人都拥到了石老汉的院子里,一个个争着跟他握手,因为他的手曾经跟大人物的手握在了一起。

石老汉一夜未合眼,他觉得自己比村长的见识大。但有一点他不好意思说,那搂在怀里买年货的钱不知什么时候给丢了,今年的年货算是办不成了。

莫提包

莫教授的手提包至少陪伴了他半辈子,那里装着他一生的荣耀。

我第一次结识莫老师时,估摸他的年龄在六十岁左右,头上的黑发已经屈指可数了。他从提包里翻找好一阵子,才抽出了两张纸,那是他的个人简历,上面除了姓名、性别、民族、籍贯、本人成分和政治面貌之外,还清清楚楚地写着他的出生日期——一九三〇年某月某日。那一年他正好五十周岁,与我估计的年龄略有出入。履历表上用红笔校注的另一个时间点格外引人注目——一九四五年八月十四日——那是他参加革命工作的日子。每当给人出示这张表格时,他都要反复强调这个日子的极端重要性,而且越说越激动,嗓门越拔越高，直到对方点头称是为止。因为莫老师参加革命的第二天，日本鬼子就投降了，曾有人调侃他："您太厉害了！别人打了八年都没管用，您一参军就把日寇吓跑了，大大地厉害！"他得意地自谦道："那倒不是。关键是涉及离休待遇问题，这可马虎不得。"

莫老师的手提包内容可丰富了，据我观察，至少有二十种他逢人便掏出来如数家珍般向人炫耀的宝贝。我看过无数次的珍品有：奖状两张、工作证一本、出席国庆游园会请柬两份、会议代表证三个、参加大合唱时与国家领导人的集体合影一卷（照片有一米长，卷成筒状）、名人信件五封（他当年的战友和同学，后身居要职）、他参编的《人民公社万岁》一本、发表的文章四篇（代表作为《从〈红灯记〉的演出成功看毛泽东文艺思想的伟大胜利》）等等，前两年包里又塞进了两本砖头般沉重的精装大作——《中华名家辞典》和《世界名人大全》，书中各用二十多字系统地介绍了莫老师的丰功伟绩。

莫教授的后半辈子全靠这个"价值连城"的手提包支撑着了。我敢向天发誓，他对这个提包投入的感情和希望，远远超过了自己的老婆、孩子。这个包如影随形地跟着他，寸步不离，相当于莫老师的化身。在他眼里，这个手提包就是功劳簿、荣誉证、介绍信和信用卡。在学校里，几乎所有的干部、教师都不止一次地瞻仰过他包里珍藏的宝物，人们亲切地称他为"莫提包"，而忘记了他原先的大名了。

这个看似普通的黑皮包，可给莫老师带来了丰厚的回报。

评职称时，他和手提包长驻师资处，终于荣升教授职务；涨工资时，他和手提包移居工薪科，结果连涨两级；分房子时，他又和手提包联手围堵房产办，最终比别人多得了一居室。

……

离休后，"莫提包"越发离不开手提包的支持。他看病、买药、坐车、洗澡、吃饭……处处随身携带着这只神奇的"百宝箱"，让它发挥最大的余热。闲着没事时，他就提着包在学校的办公楼里挨着房门串，不厌其烦地给年轻一代反复展示他包里装满的光荣传统和光辉业绩。有一次，他在女生宿舍门口被保安挡住了，他火冒三丈，冲着小伙子大吼大叫，不承想那年轻人有眼不识泰山，把莫教授视为生命的手提包扔出了七八米远，包里的宝贝撒了一地。莫老先生被气成了脑血栓，住了三个月的院，为此学校多花了九万多块钱的医药费。

我最后一次看到莫提包是在他出院之后的第三天。那天我拉肚子，一上午跑了好几趟厕所。就在我蹲着的时候，单间的门开了，我一抬头吓了一跳，莫教授手里拎着提包怔怔地望着我，不顾刺鼻的恶臭，执意从包里掏出张皱巴巴的信纸塞给了我。我虽然带了手纸，但他的一片感情感动了我，我只好派上了用场。这下可惹出了大麻烦，莫老头儿差一点倒在厕所里。他指着我的鼻子骂，还说让我吃不了兜着走！这可太恶毒了，我明明是在拉屎嘛！后来，他到领导那里告状，说我毁了他最珍贵的历史文物——那张纸是不久前他的一位学生写给他的祝寿信，上面充满了对他的赞美。他还扬言要把我送上法庭、关进监狱。可我的确不是故意的。

前些天，我从同事那里得知，莫老师又住院了，这一次恐怕很难挺过来了，是他晨练时不小心把包放在树根底下而被小偷盯上了。虽然警察接到报警后表示要尽力破案,想方设法追回那只价值连城的手提包,但毕竟不敢确保。

  我真诚地为莫老先生祈祷,我深知那只提包的分量,那可是他的生命所系啊!我相信人民警察会全力以赴的,否则,莫老师这一辈子可就难说了。

记　过

如果没有考试，大学生活还是可以忍受的。这可不是我个人的想法，我周围的许多人都赞同这个观点。

大学生是天生的考试动物，也是这种"惨无人道"的考试制度的最大受益者。尽管我们背地里常常咬牙切齿地诅咒各种稀奇古怪的考试方式和那些变态残忍的监考老师，但又从心底感激考试制度的发明者——这是人类继四大发明之后的第五大发明。要是取消了高考，我们宿舍的六个人当中，至少有一位永远在黄土高坡上放羊，一位在黑土地上种大豆，一位在内蒙古草原上牧马，一位在长江边上扯着嗓子喊号子，还有一位城里人可能整天乐呵呵地张着大嘴坐在颠屁股的公共汽车上卖票。至于我，说不定能捞个养鸡专业户干干。

世上的事情总是让人琢磨不透。好事与坏事往往是一回事儿。有了汽车，就开始发生车祸。有了飞机，就有人想着劫机。警察与小偷互相提供饭碗。小偷比警察想得开：幸亏有警察，要不人人都当小偷，哪有我们的生意做？考试也是这样，作弊与考试简直就是一对双胞胎。

上大学前，我们宿舍的这几位从未动过这种见不得人的念头，绝对没有作弊的前科。自从入了大学校门，不知怎的就有了犯罪动机。先是女生，她们竟把答案写在玉腿上用裙子盖住，考试时做低头沉思状，裙子帮了她们的忙。男生没有穿裙子的特权，靠手掌心那点面积获利，风险很大。说实话，不论男生女生，绝大多数并不是非采用这种欠体面的做法才能及格过关。说到底还是利益驱动，大学里的奖学金谁都想得到，没有一个高分数只好望钱兴叹。再加上毕业时找工作也要看成绩，投机取巧的事情自然多了起来。

学校开始了"严打"。教学楼前贴满了整顿考场纪律的一幅幅触目惊心的标语。老师们个个虎视眈眈，冲着学生大声嚷嚷："作弊就是盗窃！作弊就是犯罪！"

平时讲课越臭的老师，考题出得越难，脾气也越大。其实，利用他人的无知而使其蒙受损失算作诈骗罪，而考试就属于这种性质，法律系的学生说。

我们宿舍有三个在这场"严打"斗争中被"镇压"了。平时"曲不离口"的"放羊娃"在参加选修课《音乐欣赏》考试时，得意忘形地像蚊子一样哼哼了几句《兰花花》，被监考老师当场撕毁了考卷。"小黑豆"遇到难题不停地抓耳挠腮并伴以无休止的打嗝，引起了考生和老师的警觉，事后被判定为作弊，因为他在考场上"有一连串异乎寻常的举动，显然在传递某种与考试内容相关的信息"。最冤枉的要数"辣妹子"，这家伙生就了一只斜眼，平时聚餐时大家都不愿意坐在他的旁边，他会把你眼前盘子里的菜吃得一干二净，而把他正对着的那份留下。监考老师一口咬定他偷看别人的试卷。这三位仁兄均被处以"记过"处分。按照学校的规定，受到"记过"以上处分者，不能获得奖学金，毕业时拿不到学位，也不准报考研究生。

同学们没有申辩权，"认罪"态度不好者，还将被勒令退学。毕业时，大家评出了心目中最恶毒的监考

"宪兵"——被誉为"盖世太保"。据说,这位"党卫军少校"每次考试都能抓到十个左右的作弊者,学校因此给予了他不小的荣誉,并颁发了奖金和奖状。

我们十分郁闷地离开了校园,走上了职业生涯。一年后,那位监考"宪兵"在参加职称外语考试时因作弊而被取消了当年的晋升资格。据说后来又因讲课效果极差,而被分流做了教辅工作。

我们同屋的那三位同学的档案里至今仍保留着"记过"处分决定。斜眼"辣妹子"因没有找到合适的工作不得不自己创办公司,发财之后去做了眼睛矫正手术。

万 能

若不是那头该死的老母猪,我在村子里的名气谁也比不了。

二十年前,我是村子里唯一考上大学的人;二十年后,我仍然是村子里唯一读过大学的人。

大学发榜的那一天,乡亲们放着鞭炮,尽管那些鞭炮是我爹用卖猪的钱买来并挨门挨户分发下去的,我一时成了全家和全村人的希望和骄傲。关于我聪慧好学的传奇故事,在村子里流传了好一阵子。

乡下人日子过得紧巴,乡下孩子进了京城也还是保持了其与生俱来的节俭品格。在京城上学期间,我寒暑假均未返乡,四年下来仅路费一项就替家里减轻了不少负担。

大学毕业后的那年冬天，我终于靠自己的工资凑足了回家的盘缠。

四年没回家，乡亲们对我的热情依然不减。这些年，村子里又添了不少新生人口，不论小子丫头都取了和我一样的名字。

整个正月，来我家做客的邻居络绎不绝。屋子里每天都挤满了人，瓜子皮把地面垫得软乎乎的，走上去咯吱咯吱地响。长者们盘腿坐在炕上，吧嗒吧嗒地抽着旱烟。小辈人中只有我有资格享受热乎乎的火炕，坐在炕上，那感觉如同坐在主席台中央。

年岁大一些的长辈们，我准确无误地分别尊称他们为爷、奶、姥、伯、叔、婶、舅、姨等。他们一遍又一遍地讲述着我儿时的种种趣闻，大家重复地笑着，我也恪尽职守地附和着，那些关于我的有趣的故事多数在我的脑海里没有丝毫的印象。夸我从小聪明、孝顺、懂事的那些感人的情节，我依稀在《雷锋的故事》中读到过。至于那些偷杏、抓蛇、掏鸟窝等乡下孩子常干的坏事，好像主人公只缺我一个人。

三爷是我本家中最有文化和见识的智者。他一连几天坐在炕头上，半闭着眼睛跟我探讨一些重大问题。

三爷问："你眼下做啥子营生？"

我答："在学校里教书。"

他点点头，"噢，当教授了。"

我摇摇头，"不，做助教。"

"啥叫助教？"他睁睁眼睛。

"助教是助理教授，帮助教授做事的。"我尽量想说得清楚些。

"噢，那厉害，比教授厉害，教授还得让你帮助。"他又点点头。全屋子里的所有脑袋都随着他上下点着。

"你教算术还是语文？"三爷又问。在他看来，天下的所有学校只开这两门课。

我犹豫了一下，"教语文。"我若不在他给定的二者里选择其一的话，可能更麻烦。

"噢，咬文嚼字我不会。算术我懂，小九九我还能背个八九不离十，年轻时我当过生产队的会计，加法、减法、乘法都会，除法差一些，老啦，都忘得差不多啦！"三爷不失尊严地笑了笑。

那年春节，我过得很开心。村子里的人也很兴奋。

两年之后,我又回了趟家,那是夏天,学校里放暑假。

与过年时不同,村子里缺少节日气氛,来我家串门的人与两年前相比明显地少了。三爷没有再来跟我探讨问题,他于一年前去世了。

我想早点回京城,妈妈抹着眼泪劝我多住两天。我只好留下了。现在想起来很后悔,如果我执意要走就好了,不然不会把名声搞得那么臭。

就在我要离开家乡的头一天晚上,外面下着大雨。半夜时分,急促的敲门声把我惊醒了。东院邻居家的三胖子老婆上气不接下气地直嚷嚷,说她家的老母猪病了,要我去帮着给治治。我苦笑着解释,我不会给猪治病,我是学哲学的。她固执地认为,上大学的人啥都会。她还说,手头虽然没现钱儿,但治好了猪病,保准儿不会赖账的。等过年时,一定托人往北京给你捎两个大猪蹄子。

我终于没有冒着雨到她家的猪圈里看看。我去了也是白去。母猪死了,她号啕大哭,心疼着那头母猪,又数落着我的不是,大半个村子里的人都听见了。

我的父母也显得很没面子,第二天送我走时,他们的表情里透着失望。

好多年没回家了。村子里现在流行的笑话中最令人捧腹的就是我不会给猪治病的故事。我在乡亲们心中的偶像地位被那头母猪给彻底地毁了。有几个原来跟我取同样名字的后生们也改叫别的名了。"读书无用论"的思潮在村子里愈演愈烈。

今年过年时,我把本已买好的火车票退掉了。我没有勇气面对乡亲们那一双双嘲弄和失望的眼睛,我决心抽时间学学兽医,一定要在乡亲们那里挽回面子,让他们树立起一个信念:学哲学的也能给猪治病!

领 导

我跟他一块儿长大，同岁。

我叫张长弓，他叫王为民。

入幼儿园的头一天，我尿了裤子，摔了盘子。他来哄我，还告诉阿姨帮我换了裤子。老师批评了我，表扬了他。我哭了，他乐了。

上小学的第一课，铃声响了，我们还在座位上打打闹闹，就在老师跨进教室门槛的那一瞬间，他大喊一声："起立，老师好！"我们呼呼啦啦地跟着站起来，随着他大声问好。下课时，班主任老师走过去摸摸他的头，说："你当班长吧！"

小学毕业时，他已当了两年大队长。

考入中学，我跟他还是一班。

我不专心听课，常给女孩子们写纸条。他也不专心听课，也在纸上乱写乱画。我的纸条上开头写着"亲爱的"，他的纸条上也写着"亲爱的"。我的"亲爱的"后面填写的名字有"红红""娟娟""丽丽"；他的"亲爱的"后面我只见过"团组织"三个字。我受了处分，他入了团。

高中时，我在背后常跟别的同学讲老师的坏话，给老师起外号，诸如"大眼贼""长脖鹿""猪头"等等，他憋着不说话，直到有一天他把对老师的意见用毛笔写在大纸上又贴到了墙上。他给老师起的外号比我起的有深度，如"走资派""黑心狼""臭走狗"等等。虽然当时我不懂他指的是谁，这些外号究竟包含着什么意思，但我觉得他肯定有理。记得那一年我被封为"小爬虫"，他却成了"小闯将"。

一同去插队，我说上山下乡，全都遭殃。他说的却是"广阔天地，大有作为"。结果他吹哨集合，我扛锹站队。在乡下的几年间，我和知青、老乡们修梯田、挖水塘，垒猪圈，运农肥……他搞动员，做报告，发指示，抓学习……

保送上大学，我和他又在同一所学校。我学机械制造专业，他选的是政治经济学。我泡图书馆，啃高等数学，他也泡图书馆，啃《哥达纲领批判》。毕业后，我俩被分配到同一家企业。我下车间搞技术，他进机关搞宣传。我加班加点抢设计，他通宵达旦写标语。我一连三年被评为厂劳模，他三年之后变为厂领导。

再后来，大家都知道，厂子垮了。我下岗了，他升迁了。

现在，我和他还是生活在同一个城市里。每天晚上，每当我打开电视机时，新闻的头条一般都是他的身影。我为他骄傲，因为他说出了我的心里话："执政为民""廉洁奉公""群众所盼，正是我们所干""要带着感情去做群众工作……""要把百姓的疾苦时刻放在心上……"看电视时，我身边放着个小本子，那是我当年当劳模时厂子里发给我的奖品——一个牛皮纸封面的"工作日记"。我随手记下他讲的这些话，心里头觉得暖乎乎的，泪水常常模糊了视线。

我常想，人生来就不一样。有的天生就是当领导、做大事的材料。他的名字就比我显得有境界、有气派，我叫张长弓,他叫王为民。差距从出生之日起就拉开了。

好些日子没在电视里看到他那熟悉的面容了。说实在的,我特别想见他,想当面跟他说,我真愿意听他在电视上讲的那些话。

一天,儿子回家告诉我,听说他被"双规"了。我不信,我呵斥了我的儿子。

有些人就是不往好处想,怎么会呢?我和他一块儿长大,同岁。

第三辑 活死人

双胞胎兄弟

在外人眼里,这哥俩儿其实就是一个人,几乎没有任何区分度。相貌、声音、表情、动作,高度相似,就像同一批次出厂的两个乒乓球,或者就是一个白球从正中间劈成了两半儿。

可能是从降生落地那一刻起,父母就被这两个小家伙儿搞糊涂了,分不清哪个先哪个后,哪个大哪个小,并排摆在一起同时哭同时笑,同时屙同时尿,就连咬手啃脚挠头都像是受到某种机械操控,精确到秒。两人在母亲的怀里一左一右同时张嘴吃奶,同时打嗝放屁。

大名是父亲给取的,征求妈妈意见时,她也笑着表示赞成。一个叫李乒,一个叫李乓。外号是上学后老师和同学共同叫开的,一个叫瓜子,一个叫瓜子,并有诗为证:"爪子嗑瓜子儿,不知哪个是皮儿,哪个是仁儿。"

像生活在我们身边的所有双胞胎一样,人们都习惯于让他们穿戴同样的衣帽鞋袜,留同样的发型,用尽一切可能的手段,强化他们与生俱来的相似性,培养他们的共同兴趣和爱好,让后天发展先天,试图把两人变成一个人,完全彻底地"合二为一"。李家乒乓二兄弟也不例外,这对被同学同事喊为爪子和瓜子的孪生双胞胎在大伙儿的共同努力下,彼此变成了对方的镜子,且形影不离。

好吧,一起玩、一起吃、一起喝、一起睡、一起去厕所、一起上学、一起毕业,等到了工作时,两人又同时被录用在同一个岗位——不录不行啊,二者条件完全相同,没理由只取其一。

至于爪子和瓜子在成长过程中,在日常生活里由于一模一样的相貌、行为、装扮和不分彼此的兴趣爱好以及如影随形般地同时出现所闹出的笑话和误会,那就别提了,搜集起来能出一本厚厚的大书。最麻烦的事情当然是谈恋爱了,目前除了他们的母亲通过在这哥俩身体上的某个部位事先做个记号外，世上再没有哪个女人能分清他俩到底有什么不同。所以，这兄弟俩曾商量过要娶就娶一对同样的孪生姐妹，彼此用不着计较你我。但，这种巧事太难遇到了，两人只好一直独身至今，以确保不伤害兄弟和姐妹之情。

与其他双胞胎不同的是，这两人有两个共同的爱好：一是爱吃重庆火锅，二是在吃重庆火锅时一同释放无穷无尽的同情心。

离他们所在的机关大楼西南处不远，一条马路之隔就有一排火锅店，李乒与李乓（乒子和乓子）是其中一家店里的常客，这家店名叫"宽板凳"，味道很正宗。哥俩儿也相当会吃，从来不点牛羊肉，而专涮鸭肠、鸭血、百叶、黄喉和黄辣丁、耗儿鱼等，外加几种蘑菇和笋尖。每人平分一瓶白酒，边吃边聊，没有三四个钟头，不会散场。

店里的老板娘和服务员们早就混熟了，只要他俩一到，就会热情地打招呼，引领到一张相对安静的桌子坐下，问一句："还是老几样？"便开始端锅上菜了。

乒子从公文包里掏出酒瓶子，乓子同时递过两个玻璃杯，二两半大小的，摆放在爪子跟前。爪子准确无误地将两个杯子倒满，不多不少，正好半瓶。于是，两人便长筷子一伸，先夹一块爽口的泡菜，"来"，往嘴里一放，又端起杯子哧溜一声，便开始同情起全世界有权有势有钱之人了。

"你说，这当官的傻不傻，有福不享专找罪受，嗨，真不知图个啥子嘛？"

"傻，通通是傻蛋。当再大的官，也不能像咱俩一样，火锅就酒，吃香喝辣，想说啥就说啥！"

"对头，就说咱们科长，喊，那真叫一个傻帽儿，二到家了。天天晚上加班，除了加班什么也不干。"

"装忙，装工作狂，你懂吗？来，走一个！"

"可不是呗，这我懂。人为什么要当官儿，就是为了图一个忙，至少得装出一副忙的样子来，再整一口！"

"装忙才能升官，升官是为了贪权贪钱。有了权和钱，还得照样装忙，除了开会就是写材料，全是浪费生命，真他妈的无聊。我算看透了！"

"一点不假，就是这个路子。你说，咱科长还能升吗？"

"喊,这用不着咱俩操心。他爱升升,不升拉倒。升了又怎样?原先咱们大学时的那些同学当官的也不少,有处长,也有司局长,咱班长听说要升到副部长了。那又怎样?!你啥时见过他们在'宽板凳'喝点小酒?有劲吗?没劲!真他妈的没劲!"

"咱班那几个号称大款的有钱人也那么回事儿,日子过得比谁都节省,看上去那叫一个穷啊,我都替他们心酸!"

"就是嘛,嘴上说着有多少多少钱,跟天文数字似的。有钱舍不得花,那叫没钱!攒着的钱都不是自己的,你说是不是这么个理儿?"

"来,碰一下。千真万确,钱花了才是自己的。咱俩基本上属于月光族,却一点都没有缺钱感。来,服务员小妹子,再添一份毛肚。"

在嘈杂的火锅店里,双胞胎兄弟频频举杯,脸上的颜色由浅到深、由红转紫,话题却一直不变。他们从熟悉的身边的同事和过往的同学聊起,同情每一位职级高于他们的人,先是科长,接着是处长,最后把同情心倾注于这个时代、这个世界上最高权力的拥有者,包括那些早已逝去的大人物，如秦始皇和恺撒之流，捎带着他们也可怜那些富可敌国的有钱人，比如比尔·盖茨和马云。

一瓶酒见底了，爪子和瓜子才会意犹未尽地收起他们滔滔不绝的同情心，并心满意足、晃晃悠悠地离开小店，临出门时总忘不了从门口的大铜盆里各抓一把瓜子，边嗑边向服务员小姐打招呼："下周五还是这张桌子，给我们预留着！"

就在上个月，这二位几十年不分彼此的幸福生活被突然中断了。因为机关办公室的档案科里只剩下他哥俩了，原先总喜欢加班的科长终于在他俩的同情声中升到别的处任副处长了。上级决定在他俩中选一位担任科长，但这二位兄弟均表示无意于此，除非两人同时晋升同一职务。这显然不符合机关人事规定，最后只好强行让他俩抽签决定，无奈之下一人获升。

从任命的第二天起，几乎全机关的人都说一眼就能认出谁是哥谁是弟，谁是乒谁是乓，谁是大谁是小了。

在问询处

公共服务大厅入口处的左侧,新建了一座很漂亮的小房子,样子很别致,跟报刊亭的大小差不多,但显得更洋气敞亮,有点像童话里积木垒成的小城堡,在柔和的晨光映衬下,越发透着一股萌嫩劲儿和孩子气。亭子面向人行道的窗口上方有三个大字非常醒目——问询处。

早晨八点半了,前来公共服务大厅办事的市民们松松散散地排起了长队,他们一边翻看手机或打电话或谈笑着,一边等候大厅开门。又过了二十分钟,有的人便着起急了,明知门前公告牌上写着办公时间,却烦躁地开始抱怨了:这都半晌午了,怎么还不上班,说这个便民服务大厅修得豪华,就是不办实事,差几分钟也不行。有一位老头儿见问询处开门了,便走到窗口向刚坐下喝豆浆的一位三十岁上下工作人员模样的男子打听：

"先生，办户口迁移证明的柜台在大厅的左边还是右边？"

那男子笑眯眯地看了他一眼，呷了一口豆浆，摇了摇脑袋。

"你说啥，小伙子？"老人大声问。

工作人员伸出食指放在自己的唇边，示意不准喧哗。

"到底在哪边，你就说句话呗。"另一位凑到窗前的中年妇女插了句话。

男子笑而不答，摇头晃脑地吹起了口哨。

"哑巴啦？咋不说话呢？"中年女人不乐意了。

"你还弱智脑残呢！"小伙子立刻回敬了一句并冲中年女人瞪起了眼睛。

"能说话？不是哑巴！可听着不像是人话！"那位大妈也不是善茬子。

"我这叫见人说人话，见鬼说鬼话，今天见到您了，吓了我一跳，差点儿尿了！"

"你这个年轻人怎么这么说话，我再难看，也不至于长得像鬼!"

"厕所里都安着镜子,大妈您老方便时自己去照照?"

"我正要问你,厕所在哪儿?"

"就不告诉你!"

"你这可就不讲理了,这不是问询处吗?"

"没到上班时间,我没义务回答您,听明白了吗?"

"那你几点上班?"

"上班时间一到我自然会告诉您!"

"你这是什么态度嘛!"

"这叫态度认真,一切按规定办。您老人家得好好学习,知道什么叫'八项规定',什么叫'反四风'吗?喊,不到上班时间我不回答任何问题。"

"问你厕所在哪儿,几点开门,就这么点事儿,一句话就说明白了,你就是不肯说,非得等到上班时间?"中年妇女气得直哆嗦,差一点晕倒,旁边的老头扶了她一下,并长长地叹了口气。

大厅门前响起了铃声,很刺耳。

小伙子抬起胳膊看了看腕表,冲着窗口喊:"大厅九点开门,厕所往东走一百米右拐就到了,拜拜!"

中年妇女摆了摆手:"不用找厕所了,尿裤子啦!谢谢您,年轻人。"她转身向扶着她胳膊的老人说:"麻烦您,大叔,快帮我叫辆出租车,我血压上来了,得去医院。"

代表作

去拜访一位著名老前辈——被誉为理论界泰斗级的大师,并恳请他为我们的刊物赐一篇文章。

门铃连响三声后,保姆为我们开了门并示意客人换上肮脏的拖鞋。

老教授仰坐在客厅里的摇椅上,微闭着双眼,忍受或享受着来访者们满脸堆笑的恭维与奉承。我们一行三人相互补充着,把他老人家一生的著作如数家珍般地一一报出名字,并就其中影响较大的几部代表作竞相赞美了一番,用了不少类似于"开一代先河""里程碑式""无人比肩""影响了几代人"之类的最高级的讴歌模式。

老爷子时而皱皱眉头,时而轻咳两声,耐着性子听完了我们由于崇敬和激动而导致的语无伦次的真诚表达。他终于睁开了眼睛,脑袋和身子转向了来访的客人,口吻坚定地告诉我们:"你们说得不对,那些书都不是我的代表作,全是垃圾!"

我们确实惊呆了,就在老人一字一句脱口而出的瞬间,我们这三位来访的崇拜者脸上的肌肉僵硬了。

"这……这……这,您……您……您……您老这是跟谁生气呢?您老真会开玩笑?"我试图从僵局和尴尬的窒息中挣脱出来。

"不,不,不是玩笑,我从不开玩笑。"大师十分严肃,"我可以告诉你们,我只有一篇代表作,可惜你们没有看到,也永远不会看到了。那篇文字的底稿丢失了。"他非常遗憾地叹了口气。

"哟,真的?那是一篇怎样的文章呢?"同往的另一位问。

"是一篇大字报!"老人家兴奋地从躺椅上坐直了身子。"那张大字报,绝啦!是我一生的杰作,我把攻击我的那几个家伙批得体无完肤,骂得狗血喷头!你们年轻,不知道'文化大革命'是怎么回事儿,那是你死我活啊！大字报就贴在学院办公楼南墙上，一共七张，连窗户都遮住了。我是夜里三点多贴在墙上的，用了大半桶糨糊，我用白面熬的。一连三天，围观者挤得密密麻麻。真他妈的过瘾，我把我的那一小撮死对头的那些卑鄙龌龊之事抖落得干干净净，大白于天下。他们猖狂什么，最后统统被抓了起来，一共抓了六个人，活该，罪有应得。这篇大字报要文采有文采，要观点有观点，有不可置疑的逻辑力量，闪耀着真理的光芒，字字刀枪，句句炮火。你们要是读了，一定会振聋发聩，屁滚尿流。太可惜了，底稿丢了，你们没有眼福了。若稿子还在，我一定交给你们刊物发表，即使放在今天，仍有很强的现实意义的。"

我们在他老人家的激动与亢奋中仍能感受到那篇大作超越时空的沉重分量。"真遗憾，我们没有机会领略大师那篇战斗檄文的磅礴文采了。"

我们不知所措地起身告辞。在回去的路上，一位同事喃喃地说："真幸运，幸亏底稿丢了。"另一位同事望着车窗外熙熙攘攘的人流，自言自语地小声咕哝着，像是祈祷什么。

一张车票

在老于眼里,我是一个有能耐的人,用他的话说,"当年的同学有一个算一个,就数老马的关系多、人脉广、路子野、肯办事"。他对我的称许和赞赏持续了二十多年,至今未变。每逢同学聚会,几杯白酒下肚之后,他都会这么评价我,让我十分忐忑又沾沾自喜,免不了陪他多干几杯。

实际上,若把老于夸我的溢美之词用在他本人身上再恰当不过了。我总觉得他是通过表扬我而达到自我表扬的目的。老于好像擅长这种说话方式。读高中时,他就显得比我们成熟,凡事想得很复杂,认为这年头没有关系,啥事也办不好,常帮我们分析各种周围现象,并奉行"在家靠父母,出门靠朋友"这条非马克思主义且又颠扑不破的真理法则。迄今为止,除了交朋友、拉关系,老于不干别的。所以,听他聊天,你无法不心生佩服,好像这个世界上所有有钱有势的人都是他的铁哥们儿,他没有找不到的关系和办不成的事。

那老于为什么会夸奖我呢?那是因为我二十六年前为他买了张火车票。

我记得那天很热,老于招呼我到他家喝啤酒,还专门弄了四样凉菜。刚端起酒杯,老于就把托办的事情说出来了。这让我多少有些为难,嘴唇没敢碰杯子。他说:"喝,喝,你不喝这酒也打开了,没法再重新倒回瓶里。喝不喝也记在你账上了。"我当时感觉老于有些不讲究,按理说,喝酒不说事,说事不喝酒,怎么能一端酒杯就托我办事呢?

老于说:"关键看你帮不帮,我知道你的朋友多、关系广,这事只要你肯帮,就一定能办成。"他说,这段时间火车票太难买了,如果铁道部里没有硬关系,干脆一票难求。我托了好几位朋友,都是神通广大的主儿,可这回都啄牙花子啦,车票太紧张了。实在没法子了,我只好拜托老同学了,帮助买一张去葫芦岛的火车票，硬座就行，当然，卧铺最好。他还抱怨说，他那位败家媳妇，非要趁着放假回娘家看看父母，为了买票这事快把他逼疯了。

我只喝了半瓶啤酒就告辞了，因为我一介书生，很少与人交往，实在找不到门路，如果借着酒劲儿答应了他，自己就变成了吹牛的骗子。

说来也巧了，从他家的楼上下来，往东走不到二十米，正好有个"火车票售票点"，六个大字十分醒目，老于每天上下班总要经过这里。我怀着好奇之心不由自主地走了进去，里面只有稀稀落落的几个人。我心想，大厅如此空空荡荡，一定是印证了老于所说的票已售罄。

我走到售票窗口，冲着里面的年轻女人不抱希望地问了句："还有票吗？"

那女人隔着玻璃正忙着和另一位小伙子热聊，见缝插针地甩了句："去哪儿？"

"去葫芦岛！"我觉得自己是明知故问，正准备转身离开。

"有，要哪天的？"她的声音通过扩音器传遍大厅的每个角落。

"明天有吗?"我唯恐听错了。

"有。硬座还是卧铺?几张?"她问。

"硬座还是卧铺?几张?"我重复着。

"你到底买不买?我问你呢!"那女人口气有些不耐烦。

"买买买,卧铺,一张明天的。"我赶紧从口袋里掏钱。

"下铺还是上铺、中铺?"她接过钱去。

"下铺,不,中铺吧!"我差一点把脑袋从售票窗口钻进去。

我接过车票和找回的零钱,转身上楼敲开了老于家的防盗门。他瞪大眼睛看着我,以为我把什么东西遗忘在他家了。我掏出车票往他手里一塞:"多大点事儿嘛,还要票不?要几张有几张,哪天都行!"

从此以后,老于便对我另眼相看了。直到昨天同学聚会,他还直夸我关系硬、门路广、朋友多、办事靠谱,令他佩服不已。

坐在紧急出口处

1

"领导,除了头等舱,这里是飞机上最宽敞舒适的座位了。"

漂亮大方的空姐引导着一位五十来岁的矮胖男人走到飞机中部标有"紧急出口处"字样的座位坐下,弯下腰来向这位乘客小声解释道,脸上始终挂着那种训练有素的殷勤讨巧的职业笑容。

"噢、噢,很好,很好!这儿很好!"被空姐甜美的嗓音呼为领导的矮胖子皱了皱眉头,口中连声称好,像是自言自语,眼睛打量着布满按钮和标识的舱门。

"我的包呢?"男人坐下后抬头看了一眼空姐。

"怕您受累,我把您的手提包放在头等舱的行李箱了,下飞机时我会提醒您的,放心吧领导。"小姐蹲下身子回答他。

"噢,那好!这儿很好,很宽敞!八项规定嘛,你懂的!"矮胖子的嘴角似是而非地掠过一丝尴尬的笑意。

"是的,领导,我懂,委屈您了!您的秘书没陪您?"小姐的笑语里满含着歉意。

"这是回老家过年,不准秘书陪。没事,这儿很舒服。你去忙吧!"美女的善解人意让男人的声音也变得轻细了,皱紧的眉头瞬间拉开了。

"好的,领导,我帮您把安全带系上!"小姐单膝跪地,身体前倾,双手伸向座椅两侧,秀发已触到了男乘客的肚子上。

"不、不,不用了,我自己来。"男人吸气收腹,来回转动着脖子摸索着寻找安全带。"噢,坐在屁股底下了。"他欠了欠身子,又重新坐下。

"那好吧,领导,您先休息,有事叫我。"她站了起来,边说边用手示意座位上方的呼叫按铃。

男人点了点头。空姐刚一转身,他便闭上了眼睛。

2

"领导,打扰您了。请用毛巾。来,您喝点什么?这是水,这是橘子汁!您总喜欢喝水,最健康的饮料。等飞机起飞后我再给您送水果和点心。您想吃点什么?"空姐蹲在过道上,一手端着托盘一手递给男人毛巾。

男子半睁着眼睛接过毛巾,擦了擦手,把毛巾扔在托盘上,又端起一杯矿泉水。他猛然睁大眼睛,向左右看了看,像是刚从梦中醒来似的,"不用了,我不吃水果,也不吃饭!"他提高了嗓门,而且口气有些不耐烦了。

"好的,不打扰领导了!您休息吧!"女孩的面颊平添了几分羞红色。

男乘客的脸色阴沉着,嘴里叹了口粗气,把没喝完的杯子放在座椅扶手的托架上,仰头后靠着又闭上了眼睛。

"对不起,领导,不好意思,又打扰您了。飞机快起飞了。我帮您调直座椅靠背。"空姐再一次蹲在他的身旁,笑容满面地提醒着。

领导慢慢睁开眼睛,坐直了身子。

"不好意思，领导。这是安全提示，我得向您确认一下。"小姐的表情确实有些不好意思。

"不必了！我常坐这趟航班，不用再啰唆了！"领导咕哝着，又皱着眉头装作闭目养神。

"是的，领导。我知道，您是我们的贵宾，也是我们的荣幸，您每次都坐头等舱，我是头等舱的服务员，经常为您服务，您可能有印象的。不过，今天您第一次坐在紧急出口处，按规定我得向您说明一下注意事项。"

"真麻烦！"领导的眼皮有些浮肿，显然睡眠不足。

"是这样的，领导。这是安全须知，您受累看一下，真对不起，这是操作规程，给您添麻烦了！"

领导接过一张塑封的卡片，"我眼睛花了，看不清，你念给我听吧。"

"好的领导。"空姐把蹲姿尽量降低，嘴巴几乎贴到了男子的耳朵上。

"这上面写的是：您的座位在紧急出口旁，当发生紧急情况时，将由您来打开出口，并协助机组人员。因此，您如有下列情况，请要求调换位置。一、自认体力和健康状况不佳。二、缺乏在紧急情况下处事的勇气和能力。三、不愿救助他人。四、不明白本须知的内容。好了,领导,就这些了,打扰了。您休息吧,我回头等舱了。"空姐正准备站起来。

"您等等,"领导一把手按住服务员的左肩,"怎么这么复杂?"

"不复杂领导,你别紧张,没事的!"空姐笑着说,再一次试图站起来。

"不行,你等等。我还是搞不大明白。"领导神情确实有些紧张,不像是开玩笑。

"那好吧,领导。我让另一位服务员过来给你解释,我要回头等舱了。我的岗位在前面,过一会儿我再回来陪您。"

"不行,你别急着走。你要跟我讲清楚,这到底是怎么一回事儿?"领导脸色很难看。

"这没什么,领导,您放心。这只是例行公事,只是个万无一失的提醒,瞧您,额头都出汗了。我给您擦擦。"

"怎么没什么?你先跟我说说,什么是紧急情况?"

"紧急情况?不会的。领导,您太敏感了。大过年的，怎么会呢？比方说，劫机啦，恐怖分子搞破坏啦，或者飞机出现严重机械故障等等，需要紧急迫降时，才需要打开紧急出口，那只是万一，不会有事的。再说了，飞机起降时我们客舱服务员会挨着您坐的，您看，就这个座位嘛！万一有事，她会告诉您怎么操作的。您放心了吧？"

"您别走！你不能光顾着头等舱的乘客，我的命也是命嘛！你再解释一下这句话是什么意思？"领导一把拽住空姐的胳膊。

"噢，这句话写的是'自认体力和健康状况不佳'。瞧您红光满面、器宇轩昂、神采奕奕，身体倍儿棒，吃嘛嘛香。"

"关键是'自认'，'自认'你懂吗？我最近失眠多梦，血压不太稳定，经常感到心里慌慌的，感觉可不舒服了。"

"那去医院检查了吗？大夫怎么说呢？"

"嗨，咱市里的医疗水平你也知道，没法说了！啥毛病也查不出来！"

"那就去北京、上海的大医院看看呗！"

"不方便呀,再说也就那么回事儿!不像他们吹得那么邪乎!我去看过几次,也检不出个毛病!都是些废物。"男人焦虑不安地抱怨道。

"那就没事呗,领导呀,就健康这件事儿,您要多听医生的意见,不能自己诊断。我妈也常犯这毛病,闲着没事时不是这儿疼,就是那儿疼。去医院一检查,啥事儿也没有。连照CT、核磁共振都查了N遍了,她非说大夫糊弄她。自个儿偷偷地去找大仙大神瞎看,可迷信了。领导,人得相信科学,您说是不是?"

"是,是,应该相信。不过有时大夫的话也不能全信,偏方也能治大病。姑娘你还年轻,这和尚道士大师看病不一定行,可算起命来,还真有一套,挺准的。不过,我是不信的。哎,那下一句是个啥意思?"矮胖子的情绪平和了下来。

"这句话是问您是不是缺乏在紧急情况下处事的勇气和能力?"

"我觉得我有,你看呢?"男子抹了抹额头上的汗珠子。

"当然有了!您是市里的大领导,啥急事难事没遇见过？远的不说，就说这两年咱市遇到多少大事呀？高架桥垮塌了，化工厂爆炸了，粮库着火了，小学生食物中毒了，我家小外甥就是那次中毒的，住了三个多月的院。谁在紧急情况下会比您更有处事的勇气和能力呢？您说对吧？"

"对对对，我有勇气也有能力！不过，前几天还有人写举报信告我，说我不敢担当，缺乏应急能力。话多了，不说了。这第三句写的是什么？

"是不愿救助他人。"

"瞎扯！那得看什么情况。那一年我才八岁，我弟弟五岁，他掉到河里，我倒是站在离他不过一米的地方，可还是够不着嘛。我根本就没法救，怎么救？救个屁？我也不会游泳，这能怪我吗？我都吓哭了，也喊人了。可是我妈妈埋怨了我大半辈子。你说说，姑娘，这能赖我吗？"男人的声音有些颤抖。

"领导，您别激动！这上面写的不是那个意思，不是针对您的！"空姐的嗓子也跟着发出了颤音。

"那你们为什么要写这句话？我已经够倒霉的了！最近总有人跟我过不去。唉，你不懂啊，姑娘。我也有压力啊!"

"领导,您看清最后一句了吗——不明白本须知的内容。"

"噢,好像明白了。不过,还是有些搞不懂。"男子挠了挠头发。

"您太谦虚了。您那么大的官儿,那么有文化有水平,还能不明白这几句话。好啦,领导,飞机快要起飞了,我得回头等舱去了。祝您一路平安! 旅途愉快!"

"不,你等等,我还有话跟你说……"

"来不及了,领导。回头见。"空姐转身往前舱快步走去。

3

男人又拿起《安全须知》死死地盯着看,嘴里含混地咕哝着。

"下列情况……调换座位……自认体力和健康状况不佳……缺乏在紧急情况下的处置能力……"

"各位乘客,飞机已开始滑行,马上就要起飞了,请各位乘客收起小桌板,调直座椅靠背,再次确认安全带已经系好,手机电源已经关闭。"

"啊，等等，"机舱中部突然响起一声尖叫，"快让飞机停下来，我要调换座位！"正是那位坐在紧急出口处的领导。

"快坐下！"紧挨他坐着的空中小姐使劲往座位上拽他。

"不行，我心慌，我受不了啦！快打开紧急出口，让我跳下去！"他歇斯底里地大吼大叫。

航班延误了两个小时后又重新起飞……

表侄的烦恼

表侄前两年当上了村支书,得意了好一阵子。最近他落了个纪律处分,跑到城里跟我诉苦。

"叔,这活儿没法干了。没劲,上下都不满意!"他一仰脖儿把满杯酒倒进嘴里,咕咚一声全咽了下去。

"来,先吃点菜。慢慢喝,这杯子大。"我劝他,空腹喝酒不好。

"没事儿,叔。您放心,我酒量大。"他又倒上了一杯。

"酒量大,咱也慢慢喝。喝多了伤身,身体可是你自己的。"

"烦,就是烦!其实也没啥大事。"他又端起杯子。

"别别别,咱一口一口喝。人烦时喝酒更容易醉。"

我赶紧拦住他。

"没事儿,叔。好,我慢点喝,我想跟你说说话。"他把酒杯放下了。

"你说,你说,我也想听你说话。"

于是,表侄打开了话匣子,边喝边说,边说边喝,车轱辘话来回转。酒多了,舌头硬了,像是质量没过关的录音机,磕磕绊绊地自动倒带。

我边听边替他捋头绪,大概的意思如下:

首先,表侄受处分不是因为经济问题。他拍着胸脯发誓,这两年公家的便宜他一分不沾。村民们偶尔送点礼物他也一概不收。谁家遇上了难事,作为村支书他也尽自己所能,能帮多少就帮多少,村里的人对他的口碑还不错。"叔,您不信,您去村里打听打听。您也可以去查查村里的账本,要是有一分钱的问题,您当着众人的面抽我两耳光,三个四个十个八个一百个耳光也行,只要您不累。"

其次,也不是男女生活作风问题。用他的话说,"就您侄媳妇那股刁蛮劲儿,我有那贼心也没那贼胆呀!好家伙,每天像秘密特务一样盯着我,一回家就像警犬一样闻我的衣裳。哪可能呢!谁家的大姑娘小媳妇我也没碰过一个指头。她们挺着的大肚子跟我半点关系都没有。"

第三,"绝对不是政治问题。咱哪会反党、反社会主义呢?小老百姓一个,只顾自个过好自个儿的日子,谁操那份闲心。再说啦,我是堂堂的村支书,是组织的人,更得注意一言一语、一举一动。上面让说啥就说啥,说别的我也不会呀,没那水平!"

第四,表侄有些含糊了,"是宗教问题?不会吧,我才不信这个教那个教的,我什么都不信!不过,这些年也不知怎么了,村里有不少人信这信那的。原先咱村北后山上不是有个小破庙嘛,'文革'那会儿让城里去的红卫兵一把火给烧了。头些年是政府出资又给建了起来,再往后又派来了三个和尚,本来没啥香火,这些年烧香磕头的人倒是越来越多了,那都是允许的……后来不知是哪个有钱人牵头,又在西山坡上修了个道观,冒出了两个胡子拉碴缠着绑腿的道士,也有些村民跟着跑。前年又不知从哪儿掉下个牧师,穿得干干净净、利利索索,还能叽里咕噜地讲几句洋话,一听就是南方口音,中国人,戴个眼镜,就跟电视剧演的一样。他租了间农民房,窗户上贴了个纸剪的破十字架,也招呼一些老娘儿们(都是家庭妇女)跟着做礼拜瞎起哄。这事儿我也管过,可没人听呀,咱管也管不住。他们都以兄弟姐妹相称,相互帮助做点善事,还跑来动员我参加,说的一套一套的,一口一个'主'啊、'耶稣'啊、'圣母玛利亚'啊,还有'阿门'啊,这都哪跟哪呀,我才不去呢!"

最后,我才弄明白表侄的错误所在了。

他告诉我,这些年有些事儿不大好办。比如说,村里的有些党员不参加组织活动,每次开会,通知几遍人都不到。有的说有病,有的说有事儿,有的什么也不说,就是开会不到场。没法子,作为村支书的表侄只好去求和尚、道士或牧师,让他们在讲经、布道之后帮助通知一下,让那些党员事后留下,就在道场里凑一块儿开个短会,传达传达上级要求传达的各种文件精神。

还有一次,有一位老党员当了"钉子户",非常难办。本来,按规划,有一条高速公路要从村中穿过,涉及几十户人家的拆迁。经过说服动员,所有的村民都按照政策的要求在规定的时间内搬迁完毕了，只剩下这位老党员死活不肯走，不管赔多少钱，不管给多少房，不管谁来做工作一概不予理睬，就是两个字——"不搬!"为了落实上级指示，尽快动工修路，表侄不知花费了多少心血，用他的话说："嘴磨烂，腿跑断，最后被骂成王八蛋!"上面逼得紧，下面骂得狠，情急之下，村支书想出了个好招，找到了庙里的住持和尚，请他出面帮着说和说和。这位老党员这些年常到庙里烧香，对和尚很虔诚。这和尚又自吹会相面、算命、看风水，若他出面劝劝，说不定好使管用。果不其然，这和尚告诉他这房子得赶紧拆，越快越好，不然有血光之灾。只要搬走，不出半年便能时来运转、洪福齐天。这位老党员言听计从，第二天就自己拆了房子，连拆迁补偿款都不要了。这是表侄自认为做了最智慧的一件事，事后还给和尚送了几箱白酒，且叮嘱"不必记在功德簿上"。

还有几件事也是表侄讲给我听的。

村里有五位孤寡老人，无儿无女，生活不能自理，晚年凄惨。办个敬老院吧，房子谁出，经费哪里找？谁愿意侍候？连有些儿女双全、子孙满堂的老人都保证不了老有所养，别说他们了。自从牧师来了后，这五位鳏寡孤独者都有人轮流照顾，临终时牧师亲自到场，为濒死之人做祷告，手捧一本小书和小十字架，嘴里叨叨咕咕，直到老人蹬腿咽气，火化安葬。

还有一位平时老实巴交的小伙子，当年于新婚之夜与新娘发生了口角，又动起手来，据说当新娘抄起一根粗大的擀面杖朝他打来时，他情绪失控，一脚踹倒了女方，致使新娘的额头撞到了梳妆台的桌角上，不幸身亡。刚入洞房的新郎被判死缓蹲进监狱。三十一年后，当年一脸稚气的年轻人已年过半百，满头白发，因在狱中表现良好而获减刑释放，重新回到了村里。当他跛着腿走进村子时，几乎没人认得他。父母早已双亡，亲戚朋友都不愿意收留这位曾经的"杀人犯"。好在西山坡上的那家道观，帮助村委会解决了这个令人不安的难题。道长出面与他谈话，并为他提供了一个栖身之处——住在道观里，白天打扫院落，夜里值更守门。

最让表侄头疼和尴尬的事情出现于去年年底。按上级的布置，每个村子于春节前评选三位优秀党员，将先进事迹报送镇里后由镇里予以表彰。经村民小组民主推荐，票数最多的前三位正好是和尚、牧师和道长。表侄对这个结果无论如何也无法接受，要求重新推选。反复了几次，村民们仍坚持己见，不肯换人。表侄不敢如实上报，只好废掉了三个名额……

"党员不能信教，更不允许搞封建迷信活动，你知道吧？"我问。

"当然知道，这《党章》里写得明明白白！"他又呷了一口酒。

"那你跟那些党员谈过吗？"

"谈过，谈过！不止一次地谈过。"

"那他们怎么说？"

"他们说，他们不信教，也不搞封建迷信活动，只是闲着没事常去庙里、观里和教堂看看热闹，冬天冷了躲在屋里暖和暖和，夏天热了跑到屋里凉快凉快，我能咋说？"

表侄作为村支书是不称职的，他自己也意识到了。"没办法，我知道自个儿错了，我想把道观拆了，把牧师赶走，可乡里乡亲会挖了咱祖坟，骂咱八辈祖宗，唉，愁死我啦！"

喝了酒,表侄的心情好多了。他说他完全接受上级给他的处分。他说最近县里给村上配了个第一书记,他排老二了。他还说,这个新上任的年轻人有朝气有想法,准备筹钱先建个敬老院,再办个幼儿园,把村里因青壮年外出打工而留下的老人和孩子管起来,再慢慢做工作。

"明年说啥也要评出个先进来,不然太丢人了,"他把杯底的最后那点酒一口干了,"还有吗?"他晃了晃空瓶子。

"没有了,就喝这些吧!"

记事本

一道闪电如同一条从天宫蹿出的粗大冰蛇,把暗黑的天空瞬间撕开,裂成不规则的两半。寒光刺目,令人胆战。正是下班时分,被堵在办公楼前厅廊下避雨的人们,双手紧紧捂着耳朵,猫腰侧脸,两眼斜盯着那条稍纵即逝的银色巨蟒,期待着随之而来的滚滚雷声。先是一个比洗脸盆还大的火球,画出一道红红的斜线,像是奥运火炬从天空疾速传递,接下来就是一声炸响,清脆尖锐,没有拖泥带水的尾音。

"哎呀,树劈了!"有人高声尖叫。

人们一齐把目光集聚到了操场东南角的那棵大槐树上。雨变小了,一股不浓不淡的青烟不紧不慢地在细雨中升起。一些好奇的男生女生,撑开伞冲进雨中,跑向那棵冒烟的大槐树。

"不好了,劈死人啦!"

"吓死我啦,那里躺着个死人!"

有人往前挤,有人往后退。有人认出了死者:"呀,是柳馆长!"

"谁?哪个柳馆长?"

"就是学校图书馆的副馆长老柳!"

"他怎么会跑这儿躲雨?"

"天哪,快喊人吧?"

"真死了呀?叫救护车!"

有胆大的凑上前去,用手贴着他的口鼻处,"死了,一点呼吸都没了!"

"脉搏呢?"

"也不跳了!"

"没救了,你瞧这脸都烧黑了,七窍流血。"

"一个大活人怎么会让雷劈了?"

"老柳是个老实人、大好人,咋会遭雷劈呢?"

"别胡说,人都死了,还说那个?"

"我又没说啥呀,老人老话说,坏人才遭雷打吗!"

"迷信！胡说八道。这世界上坏人多了，个个都活得比咱好！"

学校保卫部门、医护人员和警察先后赶到了事故现场。老柳确实死了，没有一丝生命迹象。现场勘察初步排除他杀，没有任何搏斗扭打痕迹，胸部烧了个洞，显然是被雷电击中。离老柳左手边约两米远处，发现了一个老式手提旅行帆布袋，里面装有四十二本笔记本，有牛皮纸软封面的，上面印着"工作日记"四个红字，也有硬皮和塑料皮儿的，颜色不一。警察认定包里的东西属于死者的私人物品，从笔记本内容上判断是老柳使用的记事本，应归还死者家属。不像后来校内某些大嘴巴传言的"包里装的都是馆藏孤本、善本书"，"他经常往家里偷书，都是值钱的古籍，让老婆在网上公开拍卖"，等等。

据柳馆长的同事们说，老柳是个老实人，平时见人三分笑，不太喜欢多说话。为人低调，甚至有些谦和过度。遇人总是点头哈腰，跟年轻学生说话也一口一个"您"字。除了心胸狭窄，爱算计，贪图一瓜两枣的小便宜外，没啥大毛病。一年前，馆藏的一些珍贵古籍不见了，馆长很着急，曾跟分管此项工作的副馆长老柳谈过话，还对他发了火，但此事后来不了了之。警察调查过，找不到任何外人入室盗窃的痕迹，通过内部排查，也没获得有价值的线索。馆长担心此事若张扬出去，定会引起媒体炒作，只好采取息事宁人的和事佬态度，和老柳分别背了个行政记过处分，就算是"管理不善、领导失察"，没再进一步追究。

老柳之死纯属意外。这种雨天被雷电击中的小概率偶然事件谁都会听说过，只是发生在熟悉的人身上，一时不好接受。老柳的老婆和儿子虽然跟学校哭闹了三天，多要了几万块钱后心情平和了下来，说是不搞什么遗体告别仪式了，一切从简，火化了拉倒，"这死鬼不知背着我干了什么缺德事了，撂下我们娘儿俩自个儿跑到西天享清福去了。"他老婆平常就很泼，没人敢搭她的话。

火化之后的第二天，老柳老婆突然闯进了图书馆馆长办公室，哭着喊着，见东西就砸，骂了满屋子脏话。她揪住馆长不撒手，又撕又挠，又啃又咬，馆长的脸上手上留下了一道道血印子。她让馆长偿命，说不要钱只要老柳。老柳早已烧成了灰,哪能再活过来?她不管,她就是要活人。"因为是你,还有你们这群王八犊子害死了他!这是谋杀,是你们杀了他!就是你,你就是凶手!我要告你,要让警察来抓你们!把你们统统枪毙!你们打击报复!"

"你这不是无理取闹、血口喷人吗?说话得有证据!"有人站出来制止她的歇斯底里。"证据?有!当然有!你们的小辫子都在我手里攥着呢!你们睁开狗眼看看,这就是证据,白纸黑字,一句句一件件都写得清清楚楚。"她从帆布旅行包里掏出了一大摞各式各样的笔记本,抛向空中,散落在办公室的地板上、沙发上和桌子上。围观和劝架的几位工作人员纷纷弯腰捡起来翻看,老柳熟悉的娟秀字体再一次映入了眼帘。

"你们睁大狗眼看仔细了,大声给我念出来,这就是你们的罪证,谁也跑不了。"老柳老婆折腾累了,一屁股坐到了地板上,两条腿下意识地来回蹬蹭。

"念呀,大声念出来呀!你们咋变他妈哑巴啦?"她喘着粗气扯着嗓子吼道。

"一九八二年三月二十三日下午四点二十许,我去厕所小便时，听到了正在蹲坑的张建立和王大刚议论说1957年的反右斗争搞过头了。关键一句：王大刚说，我饶不了那几个当年打死我爹的王八蛋！这是怀恨在心，借机发泄对党的不满。张建立还说，文史阅览室的赵霞屁股又圆又翘，真想摸一把，下流！"

"谁让你念那一段了，念近的，念这两年。那些新本本！"老柳老婆抡起胳膊指挥着。

"二〇〇八年八月二十日，早晨上班时在电梯里，图书编目部郑红星说，这奥运会哪天才能完，这交通管制也太严了，堵了三小时，以后别再开了。打肿脸充胖子，劳民伤财嘛！危险、思想倾向明显偏右，应开除党籍。"

"这个也不用念了，挑那些管用的！"

"你们听这一段。这是老柳上个月记下的。'中层干部会上，馆长在传达上级文件时一直皱着眉头，结束时还长长地叹了一口气，心中不满之情溢于言表。同日，校长来馆调研，馆长在汇报工作谈到困难时竟然冒出了句"这活儿没法干了"。这是典型的悲观畏难情绪，是"三观"出了问题。'"

"我来念一段。'二〇〇八年七月十二日,星期二。外文阅览室的赵小雅挺着大肚子在三层走廊里与古籍室的钱某某说说笑笑,眉来眼去。她结婚才五个月,但从肚子的大小来判断,那孩子至少有六个月。显然是婚前行为,而且到底怀的是谁的孩子?值得怀疑。'"

"这段挺逗的。'今天工会给每位职工发月饼六块。我觉得我的月饼比别人小,经反复比对掂量,至少有两块小于其他四块。我立即去找张主席理论,他解释说:"柳馆长,这怎么可能呢?都是学校食堂做的,一个模子压出来的,不会有大有小。再说了,这都是随便领取的,你就别斤斤计较了。你一个大馆长,还在乎这点小渣渣?"他说话明显带有嘲讽的口气,令我十分气愤。这是原则问题,是关乎公正的问题,凭什么欺负老实人?最后他说,这里还剩下十几袋,让我随便挑。我毫不客气,把袋子一一打开,挑了两块我看着顺眼的。我再次声明,我柳某人不在乎月饼的大小,而是在乎自己的尊严!'"

"这段有点意思,是说我的,还说我色眯眯地盯着他看。"办公室关大姐边说边笑。

"算了，算了，别瞎起哄了，真他妈的丢人，都是些什么鸡毛蒜皮乌七八糟的东西，快把这些垃圾还给她，让她回家自己看去，别在这儿丢人现眼了！"馆长气得直哆嗦，一甩手把散落在桌子上的几个牛皮纸软皮日记本扑落一地。

"你们念，你们接着念！怕了是吧？不敢念了是吧？嫌丢人了是吧？我要把这些笔记本交给纪委、交给警察、交给媒体，让他们好好查查，让他们好好曝曝光。我就不信了，你们这群坏蛋就没人能治了？哼，等着瞧吧，我让你们吃不了兜着走！"老柳老婆一蹦一跳地喊叫着。

"你爱到哪儿告就到哪儿告，想给谁看就给谁看，只要你不怕丢人就行！"馆长气得摔门而出。

老柳老婆不依不饶地先后去了纪委、检察院和公安局，最终没有得出她想要的结论——老柳被谋杀或被逼自尽。因为没有迹象和线索表明，他的领导或同事走了老天爷的后门，"买凶杀人"让雷公暗杀了他。

渐渐地，老柳老婆不再隔三岔五地跑到学校闹了。她开始信佛了，闲着没事就去庙里烧香、诉苦、祈福。

有一次,她向庙里的住持哭诉了大半天,把老柳之死的冤情原原本本地唠叨了一番。老和尚双目微闭越听眉头皱得越紧。临了劝慰道:"阿弥陀佛,罪过罪过。你家男人,已归西方极乐世界,这是福报啊!你就不必过于执着,要学会放下。我给你指条明道,把这些本本烧了吧,一了百了!"

"那可不行。老柳正打算把日记本交给什么巡视组呢,他那天冒着大雨拖着旅行袋就是要去上级部门告发他们呢,没曾想让他们给谋害了。这可都是证据啊,是他花了几十年搜集的,怎么能一把火就给烧了呢?那可不行!"

"女施主,你男人不是要去告状的,他是想在大槐树下烧掉这些东西的,你就遂了他的愿吧!他不想把这些东西留存于人间。"

老婆犹豫再三,听从了大师的建议,含泪要把这堆本本扔进香炉里化成灰烬。

"不不不,阿弥陀佛。不要在这里烧,让佛祖眼睛清静些吧。你还是把它拎回去,在那棵大树底下烧了它,让别人心里也踏实些,他们会为你男人祈福的。"

老柳老婆当晚就按照老和尚指引的方式跪在大槐树下点了把火,还绕着火堆画了个大大的圆圈,她听老人说,这样"这些字句就不会让外人看到"。

又过了半个多月,警察主动上门带走了老柳老婆。原因是她在网上拍卖了十三本盖有学校藏书章的宋版善本图书。

我记不住你的名字

我越来越为自己记忆力的快速衰退和瞬间消失而深陷焦虑。有些症状的日益严重，导致我忧心忡忡，坐立不安。有时，我会在深夜熟睡中突然惊醒，大汗淋漓，大口呼吸。

我担心老年性痴呆的提前光顾，让自己过早地失去生活自理能力，那可是一件太悲催的事情了。我的导师三年前就患上了这种疾病，连老伴儿和儿女都认不出。我去年春节探望他老人家时，送给他一把电动剃须刀和一些水果，他拿起一根香蕉带着皮就往嘴里放，把我当成了楼下的小商贩，还语无伦次地跟我讨价还价。如果我也追随恩师的脚步，迅速进入痴呆行列，说不定在进门前就拿着那把剃须刀蘸上甜面酱嘎嘣嘎嘣嚼着吃了呢!

从导师家里回来后,我越发心情沉重。论年龄,我尚属中年,不至于如此着急吧?但记忆力怎么会变得这么糟糕呢?我觉得这事应该引起足够的重视,不能若无其事,自欺欺人。于是,我查阅了相关资料,第一眼看到的观点就惊出了我一身冷汗:"现如今,记忆力减退已不再是老年人的专利,中年人也会出现这样的情况。"好吧,只能认了。还好,接下来的许多专家的见解让我稍稍舒了口气,他们分析了导致记忆力衰退的各种原因,比如说,长期抽烟喝酒对记忆力会造成伤害,有研究表明,吸烟会增进老年人患痴呆的概率。一咬牙,把嘴里叼的半根烟放在烟灰缸里狠狠地掐灭,又把烟头从烟灰缸里捡出来扔到地上使劲地踩几下。本来就滴酒不沾,这回连抽屉里的一小瓶用于消炎的药用碘酒也扔进了垃圾筒。

当然,影响记忆力的原因很多,我已经记不住有多少种了。比如说,睡眠不好、压力太大、依赖电脑、身体疾病、脑袋受伤等等,我均一一对号,凡是不利于记忆力提升的毛病和习惯,我立马彻底改正。另外,遵照权威的建议，我开始强迫自己记一些外语单词和电话号码，背唐诗宋词、圆周率、名人生卒年月，听音乐歌曲，和老婆唠叨，外加做俯卧撑和引体向上，据说这些都是恢复和增强记忆力的有效方法。一段时间下来，家里的许多平常我不在意的针头线脑、花椒大料、扣子夹子，包括妻子用的眉笔粉饼，我都能清清楚楚地说出它们躲在哪个犄角旮旯。去年七月二十一日那天早晨，在我上班跨出家门那一刻，听见老婆自言自语问自己："那二百块钱放哪儿了呢？单位上个礼拜才发的降温费，怎么一转眼就不见了呢？"我边走边回头告诉她："藏在你四十岁生日那天买的那双红色高跟鞋里了，是左脚的那只！"惊得她愣愣地站在门口半天没缓过神来。

　　回忆也有助于恢复记忆力。于是，我只要闲下来，特别是睡前躺在床上，脑子里便自动播放童年的一幕幕妙趣横生的画面。乡下的孩子断奶晚，我的儿时记忆便从哭喊着往母亲怀里钻的那一刻开始，一直延续到今天。早已遮盖于遗忘黑幕下的许许多多小细节，又梦幻般地浮现于眼前。我惊喜地发现，回忆使人兴奋，回忆的过程就像自己重新活过一遍那样，从前的人与物、情与景，再一次让你身处其中，就连当时的声音、气味、温度都能重新听到、嗅到、感受到。当回忆进入初恋阶段时，我会深情凝视妻子那张已爬满细细皱纹的脸，竟然下意识地搂一下她松弛的肩膀或拥抱一下她那臃肿的身子。有一天下班回家时，还在门厅里突然冲动地吻了她。这一反常举动让老婆审问了我半个多月："你到底在外面惹了什么祸？肯定是干了对不起我和孩子的见不得人的肮脏丑事！"

尽管做了这些努力，但我还是怀疑自己的记忆力出现某种障碍。我犹豫再三，最终下定决心去医院看看，因为有些疾病不能自我诊断。

医生非常专业，在简单询问了我的症状后，对我采取了一系列测试手段。他先是拿出一本厚厚的画册，让我辨识上面的花花草草，咱是从农村走出来的乡下人，小时候没钱治病，经常跟着大人到山上挖草药，又加上喜欢植物学，照片上的蒲公英、车前子、苦麻菜、君子兰、蝴蝶兰、水仙、杜鹃、贴梗海棠、春兰、金银花、龙船花、炮仗花、松叶菊、美女樱、百日红、九里香、美人蕉、凌霄花以及各种牡丹、芍药、月季等等，都是再平常不过的花卉了,我能脱口而出,准确无误。就连德国鸢尾、美国薄荷、荷兰菊等引进的洋花也难不倒我。

医生摇了摇头,又拿出一张硬纸片,上门写满了各种数字,像白布上撒了一层黑芝麻,毫无规律地散落着。他让我先看上十分钟,然后背给他听。我用了不到五分钟,就把纸还给了他,向他背念了一遍我所记住的数字,不知答对了多少。反正他长长地叹了口气,把那张纸片重重地拍在了桌子上,然后皱着眉头,冲着我嚷了一句:"你到底记不住什么?"

"名字,就是人的名字,我刚才跟您说了,就是人名容易搞混,转眼就忘。跟人家聊了半天,却记不住交谈者的名字。"我真诚地回答。

"你老婆孩子、父母兄弟、亲戚朋友的名字也叫不上来吗?"医生的语气有些不耐烦,表情透着一丝嘲讽和恼怒。

"当然,这些都能记住,我老婆叫……"

"别说了,我不想知道你老婆叫什么名字,你说了我也弄不清对错。"大夫明显提高了嗓门,"这样吧,我再让你看看这个,看看你能不能叫上他们的名字。"医生边说边从抽屉里掏出一摞人物照片,让我一张张翻看并说出他们的名字。这太简单了,照片上的人物大多数是大家熟悉和敬仰的伟人和名人,即使我忘了自己的名字,也会永远铭记他们的大名。也有一些看上去是穿戴新潮、打扮怪异、非常年轻的面孔,我猜是孩子们当下尖叫追捧的歌星、影星或球星,我只好承认我压根就不知道他们姓甚名谁。医生好像真的生气了,因为他的脸色突然变得很难看。"你根本就没病,我是说你的记忆力没问题,比我的记忆力好多了。但我建议你去精神病专科再去仔细查查,要是有病,那也是精神病。"在我连声谢过走出诊室的那一刻,医生歇斯底里的吼声从背后传来:"他妈的脑袋进屎啦,跑我这儿瞎胡闹!"我没敢回去问问,不清楚他在骂谁。

我并没听从医嘱去精神病专科医院做进一步的检查,要是万一让同事、朋友和家人知道我患了精神疾病,那太丢人了。

倾诉是消减心理压力和缓解精神紧张的最为简单和省钱的治疗妙方之一。这是我从一本心理辅导书中读到的，我想试试。可我向谁倾诉呢？其实，我面对医生时都没有把自己的某些症状的真实细节向他和盘托出，只是告诉他我记不住那些刚与我交谈过的人的名字。我并不是要故意隐瞒什么，只是因为自己的职业习惯已长期养成，不能把与自己所从事工作相关内容告诉他人，包括每晚躺在身边的爱妻。

既然找不到倾诉对象，我就自我倾诉吧！我要在黑暗中面对自我，自问自答。

趁着老婆带着儿子回姥姥家的那天夜里，我独自坐在狭小的书房里，拉上厚厚的窗帘，关掉刺眼的台灯，在黑暗与寂静中，我依稀听到了脉搏与灵魂发出了强弱起伏、节奏明快的律动，黑夜像一面镜子，能让孤独的我显出原形。我默默地问自己，我记不住哪些人的名字呢？有些似曾相识的面孔开始浮现于脑海中，原来是他们！我只能记住他们的模糊脸庞和身影，却忘了他们的名字。这到底是为什么？

也许问题出在这里，很有可能与我的工作密切相关。我长期在组织人事部门工作，就像王蒙那篇著名的短篇小说《组织部新来的年轻人》一样，我研究生一毕业就被选调到这个部门工作。记得刚报到那天,副部长曹大姐就笑着跟人介绍:"瞧啊,这就是组织部新来的年轻人!"那时确实年轻,记忆力超强,机关里的男女老少没几天就混熟了。那些年,接触和考察过的干部基本上过目不忘,直到此时此刻依然能随口喊出他们的名字。后来随着年龄的增长,记忆力一点点开始退化。尤其是近些年,疾速衰落的记忆,使我陷入了深深的纠结和恐惧之中。

实际上,我在部里承担的业务非常单纯,压力并不大。我只是负责与干部谈话,是对干部进行考核和考查的一个小环节。谈话对象大体分为两类:一是列入后备的年轻干部和列入考察对象准备选拔晋升、拟任的干部;二是干部的年终考核和任期届中与届满的考核。考查和考核干部的环节与程序分多个步骤,我不必一一细述。我只负责由组织或领导已经确定的人选进行一次程序性的谈话,听一听谈话对象的自我介绍和自我评价,帮助组织和领导了解一下干部本人的自我认知。谈话时间长短不一,没有明确的要求。多数干部的口才非常棒,一张嘴便滔滔不绝,这样时间就会长一些,我只管听和记,一般不提问、不插话,对我个人而言,每一次都是我珍惜的学习机会,因为很多同志讲得太精彩了。

扼要举几个例子吧,比方说,几乎绝大多数谈话者都称自己最大的特点是"大公无私""全心全意为人民服务""一心扑在工作上""把事业发展摆在首位""吃苦在前""秉公办事""廉洁用权""把群众疾苦时刻放在心上""从不贪图一丝一毫的个人利益""老实做人、干净做事""敢于同一切不良现象做斗争""绝对忠诚""信念坚定""五加二、白加黑""常年加班加点""很少与家人见面""一年都没跟家人好好吃顿饭了""孩子见面叫了声叔叔""父母弥留之际不在身边"等等,不再细说了,我的眼泪已夺眶而出了,我不想打开灯,我用一张面巾纸擦擦脸颊,算了,就让它在黑暗中尽情流淌吧,没人会笑话我。

是的,总有人会谈到自己的不足,这些不足同样令人心里酸楚。"不爱惜身体,那可是事业本钱啊""对不起父母,对不起老婆孩子""不重视教育,从没接送我正在读高中的儿子""学习上抓得不紧、马列经典著作读得不深不透""上进心太强,成绩过于突出,容易引起别人的猜疑,甚至是嫉妒恨""有些理想主义,凡事追求完美,给同事和下属造成压力""性格有时急躁,总想让所有人跟自己一样把一切都献给党""眼睛里不揉沙子,看不得消极腐败现象,批评人不留情面""是个直性子的人,说话直来直去,秉公直言,得罪人啊"!

这么多年来,我听过成百上千位干部如此坦诚的自我评价,着实令我感动。谈话前我本来知道他们的名字、年龄和基本情况,可每每在细细倾听他们的自我介绍时却浮想联翩,思绪会飘向远方,联想起其他的人物和事迹,很难聚精会神地跟着他们的思路坚持到底,所以当谈话者终于停下时,我往往呆呆地愣在那里,两眼恍惚迷离地看着对方而无言可说。与我并坐在一起的负责文字记录的同事偶尔会用胳膊肘碰我一下,我这才回过神来,草草地说:"老雷同志,谢谢您的介绍。耽误你时间了,今天的谈话就到这儿吧!谢谢啦!"

尴尬总是在分手时出现,谈话者会笑着纠正:"哎呀,错了错了,我姓郭,叫郭某某,不姓雷,您看您真是贵人好忘事!"这种窘境真让我脸上发烧,我连忙道歉:"对不起、对不起,我口误了,我以为您叫雷锋呢!"

类似的尴尬发生过多起,有一次把一位徐某某误叫成了孔繁森,还有一次把一位即将走上领导岗位的苏某某喊成了焦裕禄,幸亏这几位都是人人皆知的英雄模范,如果把谈话的干部误认成某些臭名昭著的坏蛋,那后果将不堪设想。

事情就是这样。不管怎么说,把别人的名字叫错都是很失礼的,会给对方造成轻度伤害,对于领导者而言,这更是一种冒犯。好在绝大多数干部不跟我一般见识,他们心胸宽阔如海,不会计较这等细琐小事。上周在一次会议上,我就迎面碰上了一位前几年我曾谈话考察过的干部,而且叫错了他的名字。如今他已走上了更高的领导岗位。那天偏偏不凑巧,我本来已经早早地坐到了会场的倒数第三排,偏偏一阵尿急,我赶忙跑了趟卫生间,出来时正巧碰上了这位领导要走向主席台。显然他的记忆力非同一般,他似乎一下子就认出了我,脸上挂着平易近人的笑容,还主动地把手伸出来让我握,我一时受宠若惊,双手紧握那只温暖柔软的大手,一股激动的力量让我脱口而出:"领导好!对不住,我记不住您的名字!"

领导十分大度地冲我点了点头,无比宽容地跟我说:"没关系,我也不记得你的名字了。"

我如释重负松开手,这正应验了医生所说的那句话:记忆力衰退这种症状并不是你一个人所独有。

请帮我找个好司机

公司给我配了辆二手车。办公室主任告诉我说车况不错,配置很高,价格又便宜。车是从政府公开拍卖交易会上竞价抢到手的,原先的车主是一位级别较高的官员,因犯了错误被降了职,车就受到了牵连,被送到了专场拍卖会上公开示众贱售,与其他成百上千辆类似性质的车辆接受同样的处置。

当然是辆豪车啦,屁股上贴着 A6L 的档次标识,据说是后来换上的,它的实际身份更高贵。之所以要隐瞒出身,是因为原主人平时处事低调谨慎,不愿意张扬显摆。

车开到公司后,我兴冲冲地跑到了楼下迎接。初次见面时,那车一副灰头土脸、疲惫衰老的样子,跟我对它的想象与爱慕相距甚远,令我十分失望。办公室主任赔着笑脸安慰我:"老板,您放心,这车上的灰尘泥土一洗一擦就掉了,我马上开到洗车店,用不了一个钟头您再看,绝对让您满意。"

他确实没有忽悠我,等我再次见到这辆车时,用一句套话说,叫作"简直不敢相信自己的眼睛了"。经过一番梳洗打扮,它立马变得官气十足,透着一股有权有势的霸气和傲气,就像某些获得晋升昂首挺胸走上主席台的新任官员一样那么气派自信。"好!"我拍了拍主任的肩膀,连声赞道,"这车买得好!高端大气上档次!你小子挺有眼力嘛!"主任受到了表扬,当然相当得意,又手舞足蹈地夸耀了一番这辆车的内在品质,这正是我担心的。经他一介绍,我才知道它的各项性能均不逊色于刚出厂的新车。我笑着说:"你太夸张了吧,寡妇怎么一下子变处女了呢?"主任的脸红了,搓着手说:"您一试就知道了!"

由于我不会开车,公司只好从人力市场上为我招聘了一位专职司机。主任亲自去面试,最终选上了一位驾龄长、技术好、路况熟的老司机。这位司机五十多岁,原先是开出租车的，干了近三十年。半年前辞了职，原因是年龄大了，身体越来越差，自从他的一个同事在等红灯的那一瞬突然猝死后，他便经常感到心慌，怀疑自己的心脏也出了毛病，自我诊断说是"心脏衰竭"。他辞职后，本打算彻底歇了，可是没几天就闲得挠墙。他给我开车的头一天就跟我打开了永远也关不上的"播放机"，诉说出租车司机这个职业之苦之累和鲜为人知的危险（被抢、被偷、拒付费、被醉酒和神经病的客人殴打）。反复出现在他嘴边的话里，"我他妈就是个奴隶""连挖煤的都不如""就是个骆驼祥子""每天一睁眼就欠公司二百五十块钱""妈的，没白没黑没礼拜天""老板没一个好东西，不，我不是说您""这社会算他妈完了""我他妈的就盼着打仗""原子弹扔到我家房顶才好呢，要死一块死"等等，从家长里短讲到时事政治和国际关系，没有他不知道的，汽车一发动，他的嘴就同时张开了，车停了，嘴还没关上，追着我抱怨控诉着世道不公命运不济，听得我头昏脑涨，有明显的晕车反应，有两次刚跨出车门，便哇哇大吐。

　　这位师傅的另一个特点更是让我无法忍受，每次我一坐上车,他头一句是"老板,去哪儿啊?"当我告诉他目的地后,他跟着就问:"怎么走啊?"我很纳闷:"我哪知道怎么走,你是司机难道不认路?""噢,对不起,对不起,我出租车干惯了,总得先问客人,怕人家说我故意绕远。"于是,他会就这个话题跟我唠叨半天,骂打车的客人越来越不好侍候,还能举出许多生动的例子,说有一回怎样怎样,另一回又怎样怎样,都是"好心没好报",本来是替乘客着想,尽量走捷径,抄近路,有时怕堵车,急着去机场赶飞机,多跑个百八十公里的事情也是有的,但乘客经常不理解,大吵大闹,拒绝付费,"能打车都他妈是有钱人,越有钱越他妈抠门,要省钱你他妈干吗不挤公交坐地铁?您说这话对不对?"对于这类他心里早已有明确答案的问题,我没法回答,只好掏出耳机假装听音乐。

　　尽管我对他以往的经历和遭遇充满同情,但对他的有些习惯和行为仍然难以理解和接受。虽然他不再每次都问我"怎么走了",但由他自己做主选择行车路线时却常常要在路上花费更长的时间。有一次,我应邀去赴朋友儿子的婚宴,那家酒店我很熟,离公司只有一站路,步行也用不了二十分钟,他却花了整整一个钟头,我故意闭上眼睛装着打盹,实际上在偷偷观察他的一举一动,结果发现他绕着酒店转了四圈。我当然急眼了,生气地骂了他几句。他红着脸赔着笑,连声道歉,"对不起,老板,您大人不计小人过,我这脑袋进他妈屎了,还以为是开出租车呢!"我并未因此而解雇他,因为那段日子我业务多,天天都在外面跑,没工夫搭理他。但没过几天,他却主动炒了我鱿鱼,撂挑子不干了,理由是:"给您开车,比他妈干出租还累,身体扛不住,心脏衰竭的老毛病又犯了!"

第二任司机是一位老同学推荐的。那天,有位初中时的同学约了个饭局,却碰上了大雨天气,我只好挤公交往饭馆赶,路上堵得一塌糊涂。离饭店还差两公里,车被没膝深的积水泡熄火了,瘫在了大坑里。全车的乘客被迫蹚水自救,我还来来回回背了好几位小孩和老人,包括一位穿着时尚打扮妖艳的美女。那几位老人和孩子都非常客气,说了一连串的"谢谢谢谢"。而那位美女却一脸理所当然的矜持表情,我只好习惯性地脱口而出:"谢谢哈。"她十分不屑地瞅了我一眼:"算了吧,你占了我的便宜,我就不计较了。"

等赶到饭店,那几位哥们儿已经准备散场了。他们说你太讲究了,只埋单不吃饭,我连忙赔不是,把挤公交堵在路上的过程讲了一遍。"挤公交,你的车呢?"我那位同学问。我只得又讲了一段那位从劳务市场上聘用的"奇葩出租车司机"的故事。他们边听边笑边嘲讽我,又多喝了一瓶白酒。老同学告诉我,他有一位老乡原先在武警当兵,专门给部队的领导开车,两年前复员回到了农村老家,一直过不惯乡下的生活。前些日子还找过他,托他帮助在市里找个活儿干,说干什么都行,苦活累活无所谓,只要能有个吃饭的地方就行。他能干什么,就会开车呗!今天算你走运了,这么巧的缘分。我这老乡年龄正好,才三十出头,当过兵的人都训练有素,开车技术好,懂规矩,守纪律,反应快,绝对服从命令,你就放心用吧!我这就给他打电话,让他明天就到位。

"好啊,好啊,还是老同学惦记我,你帮了我个大忙。来,我敬你酒,你喝一杯,我喝三杯!"我不仅多喝了酒,还替他埋了单。

这位姓霍的退役军人（我叫他小霍）确实素质精良，站有站相，坐有坐相，第一次见面就啪的一声给我敬了个军礼，声音洪亮地来了句"首长好"，吓得我一激灵。每次开车接送我时，都笔直地站在车旁，敬礼、问好、开车门，动作麻利。行车时路上一言不发。有时我感觉沉闷了想跟他聊聊天，便主动与他搭话，他的回答基本上仅有一个字"是"，偶尔会多出两个字："是，首长！"

小霍优点很多，但作为司机他有一个致命的弱点，所以只给我干了一个月便另谋他路了。

这位给所谓首长开过多年专车的"老兵"，其驾驶技术很过硬，什么路况都敢开，就是不遵守交通规则。拐弯、超车、并线、避让公交专线、紧急停车带，甚至是红灯，统统不在他眼里，只要手一放在方向盘上，就犹如身处无人之境，目中无人，不管不顾，开车的头一天，就吓得我出了几身冷汗。当我提醒他时，他正视前方，目不转睛地响亮答道："是，首长！"却依然不减速、不避让、不顾及其他车辆和道路标识。

我不得不让他先靠边停车，问他为什么开车如此野蛮。

"是，首长!"听了我的一番训导后，他回答得简洁干脆。

"什么就'是'了，你别叫我首长!"

"是，首长!"

"我再说一遍，不准叫首长，我只是个小商人，普普通通的老百姓!你先回答我，为什么不守交规?"

"是，首长，因为我们是军牌!"

"怎么成军牌了?我这车不是军车，哪来的军牌?"

"是，首长，以前好多老板的车也挂军牌!"小霍终于说了两句完整的话，我明白了。

"那警察拦住了怎么办?"

"是，首长!警察不敢拦!"

"摄像头呢?那些自动记录的影像和数据怎么办?最后还不是得挨罚!"

"是，首长!军牌号码不在信息系统内，查不到!"

"怎么可能，摄像探头明明照下了啊!"

"是，首长!那也没问题，有人会铲掉!"

"以后请你记住，这辆车不是军车，我更不是首长，现在跟几年前的情况不一样了,即便是军车军牌,照样要接受交警指挥,绝不准违规驾驶,你听懂了吗?"

"是,首长!不,是,领导,小霍记住了!"

从那天起,在我不断地提醒下,小霍开车规矩了许多,但不时会忘记自己的当下身份,而肆无忌惮地任性开起来,多次被警察拦下扣分并罚款。最后一回,差一点车毁人亡,他竟敢在十字路口闯红灯,我当时正打盹,虽然躲过一劫,却使南北方向的两辆车迎面相撞,幸亏没出人命,但治伤赔车和罚款花了不少钱,差一点让我这个小公司破了产。更为严重的是,小霍的驾照被吊销,五年内不准开车上路。他被拘留了十五天才放出来,只好回老家在村子里开拖拉机运运砖了。

办公室主任很快又替我物色了一个新司机。按照他的说法,现在的司机非常好找。因为公车改革了,有数不清的司局级以下的官员都不准配专车了,大量的司机转岗转业或提前退休,挑啥样的都有,有给乡长、科长开过车的,也有专门为司长、局长、厅长服务过的。我建议还是找个级别低的,他最终选定的是一位远郊县给财政局副局长(据说相当于副科级)开车的中年汉子。

这位姓高的师傅,长得矮胖,脸大眼小。他倒没啥大毛病,就是两只小眼睛总盯着我的手,愿意帮我拎包。每次我应酬或办事,从写字楼或饭馆出来,他都会兴奋地迎到大门口,两眼不瞅我的脸,只往腰部看,每见我双手空空,就有一种极其失望的表情瞬间涌上宽大的脸庞。

"没带包?"他会问。

"没带,出来谈个事儿,带什么包?"

"噢,我怕您忘了!"

有时他还带有嗔怪的口气关心我:"您怎么今天又两手空空?"

"啥意思?跟朋友吃个饭也要拎个包?"

"没啥意思。我是说,您光吃饭,他们就不送点啥?"

"送啥?你这是怎么个套路?"我很奇怪他的问话。

"嗨,真没啥,我就是那么随便一问。我跟您说实话吧,我在县里开车那会儿,我们领导不管是在县里开会、出门吃饭,还是到乡下调研,等完了事儿,人家都大包小包给一些土特产呀,纪念品呀,有时候后备厢塞满了,就得往前后座上放,连我们这些司机也有一份儿。不像您这样,到哪儿都空着手。习惯了,我也就随便那么一说,您别往心里去。"高师傅在公司里干了三个半月就主动辞职了,他说离家远,挣得又少,而且又没机会替领导拎包搬箱子,不如守着老婆孩子做点小买卖。

第四位司机打眼一看就知道是一位见过大世面的人,走路不慌不忙,说话不紧不慢,相貌堂堂,举止得体,气质不俗。吸取前三位司机的教训,办公室主任这回下了细功夫,多方打听了解,各种比较筛选,最后选定的这位,曾经多年在地方为副市长开车,后因领导升任某权力部门规划司司长一职而随之进京。公车改革的新规定,取消了原来就违规配备的车和司机,司长本人也受到了处分。

我对这位新聘用的司机格外器重和尊重。人家毕竟服务过大领导、见过大场面,我这种出身卑微的小老板自然是敬三分、让三分。我让人力资源部门按公司中层管理者的标准给他发工资,除了不参加中层干部会议外,其他待遇参照执行。头一个月,我们俩相处极其融洽，他不多言多语，也不卑不亢。相比较之下，在许多场合他比我更像老板，脸上挂着某种与生俱来的傲气。有两次我走到车前，下意识地为他开车门，搞得我俩都很尴尬。

我出入的场所一般都是些小公司、小单位、小饭店、小酒楼、小茶社，这些地方他都不大熟悉，要从网上查询行车路线，由导航系统引领才能找到。时间久了，我每次一说去哪里哪里，他就皱着眉头，摇摇脑袋还长长地叹口气。这让我心里隐隐有些不快，我担心自己好不容易才治愈的自卑心理再次复发。为了缓和某种说不出的隐性紧张气氛，我试图跟他随意聊聊家常，包括生意上的事情。他的口吻总有一丝不屑的意味。他跟我谈论的场所，都是些我只听过而从未去过的类似于国宾馆的高门大院，他所认识和熟悉的人物更让我心存敬畏！而他经历过的许多事件（不是事情）更让我心惊肉跳。交谈得越多我对他越是敬重，我恨不能替他开车，让他坐在我的位子上，可惜我没有驾车的本领。听他不经意间讲的故事，使我对自己有了重新的认识和评价，一句话：我这辈子算是白活了。有一回我为了点小生意跟一家竞争对手起了点小摩擦，坐在车上与对方通电话时甚至互相骂了几句。就这么点事儿，激怒了我的这位司机老爷，他边开车边回头冲我嚷上了："你真够孙子了，这种王八蛋就一刀剁了他，比拍死个苍蝇还他妈简单！跟他费什么唾沫？！"唬得我半天没吱一声。后来，他跟我道了歉，说是过去侍候领导久了，养成了坏脾气。他还给我详详细细地支了几招，即摆平和搞定这次纠纷的"最终解决方案"，提出只有给他两百万，去托关系，两天内就让那个竞争对手从"地球上消失"。他的建议可能确实有效，但我听了毛骨悚然，犯罪哪行啊！再说了，我要争的那个项目利润不足二十万，用二百万换二十万，他的数学是他妈谁教的？

　　我越来越想解聘他，但心里总是不踏实。这家伙背景太深了，关系太硬了，我岂敢轻举妄动。那段时间，我一碰见办公室主任气就不打一处来，火就往脑门上蹿，这他妈哪是雇佣司机，这明明是花高价请个爷爷供养着嘛！

　　秋天到了，西山的红叶红透了。有一天下午，这位司机爷突然神神秘秘地小声通知我，说是有一位大人物要接见我。一听名字,我都快尿了。

"谁谁谁?是……是……是……?"我真不敢说出那个大人物的名字,我这张普通草民之嘴若敢直呼其名,那简直就是一种亵渎,至少是轻度冒犯。

"那有什么呀,我跟他很熟,他对我非常关照。"

"不不不,我真的不敢,我这两天拉肚子,万一那时憋不住咋办?"我心里发毛,咚咚直跳。

"噢,那就算了。狗尿苔摆不上台面。哼,我知道你坐的那辆车原来是谁的,你根本就压不住。"没等我缓过神来,他踱着方步,哼着小曲转身走了。

那天下午以后,我再也没见过他。他的不辞而别让我如释重负,偶尔也会从噩梦中惊醒。大概过了一个月,办公室主任悄悄地跟我咬耳朵,说是有人讲那个司机爷被弄进去了,可能与他原先的领导有关,那位司长大人涉嫌严重违纪正在接受组织调查。

公司办公室主任又开始为我张罗找一个好司机,我坚决予以制止。我下定决心去了驾校,两个月后很顺利地通过了考试,拥有了属于自己的驾照,如今我自己给自己当司机,新手上路,其乐无穷,兴奋劲还没消退。

只是前天在等红灯时,猛然想起那位司机爷说过的那句话:"我知道这辆车原来是谁的,哼,你不配,根本就压不住它。"虽然我不迷信,但心里总是犯嘀咕,我打算卖掉这辆历史不清白的二手车,买一辆物美价廉的国产新车,踏踏实实地行驶在熙熙攘攘的车流之中。

爱书者

老教授专攻中国哲学,嗜书如命,终身未娶。每月领工资时,除了换二十五块钱的食堂饭票外,其余钱均用于买书。家里的所有空间几乎都被书籍占满了,连厨房、厕所都用上了。

教授的隔壁邻居是学校的财务处长,平时两家并不走动来往,连楼道里迎面碰上也很少打招呼。一日,处长家聚集了四五个穿制服的警察,老教授这才知道邻居家被盗了,小偷光天化日之下趁着处长上班之际公然入室盗窃,如同搬家一般。当警察问及教授是否看到异常情景和动静时,他一脸茫然,喃喃地说:"我整天埋头书里,两耳不闻窗外事。"

对于邻家失窃,老教授十分关心,深表慰问。他非常关切地询问处长:"书丢了多少?"当处长皱着眉头告诉他小偷没偷书时,教授拍手大笑,连声说道:"太好了,太好了。书没丢就好。"

逻辑学

W同学"逻辑学"的期末考试成绩得了五十八分，仅差两分就及格了。他多次哀求任课的M教授，希望他高抬贵手，重新判批卷子，找回那关键的两分，让其过关。否则，下个学期仍需补修这门课，而为了这区区的两分，浪费整整一个学期的时间，实实在在是很大的损失。

M教授处事一丝不苟，他虽重新阅判了试卷，仍摇了摇脑袋，说，这不符合逻辑，不肯加上两分。

W同学认为老师太较真了。当他得知M教授最近分得一套新房正准备搬家时，便有了新的想法。他主动跑去帮助M老师粉刷房间、整理杂物、搬运家具，整整花了他一个月的时间，原打算利用暑假外出旅游的计划只好泡汤了。

新学期开学时,W同学再次向M教授提出加分之事。"我用一个月的休息时间,换取加分机会,这符合逻辑吧?"老师十分诚恳地说:"你说得对,你牺牲了整个暑假帮我搬家,我无以回报,只能违背职业良心给你加分了。"于是,把他的成绩改成了五十九分。

W同学不得不咬牙切齿地重新学习了一遍《逻辑学》,至今提起早已过世的M教授仍愤愤不平。

裸　体

　　书法家孟先生为参加一次重要的书法作品展而精心准备了一个多月。写下了十几幅字,他自己均不满意。孟先生以隶书见长,在业内颇有一定名气。这次展览他非常重视,也很犯难。他并不担心自己的书法功底和技巧,而是在写什么内容上犹豫不决。此前,他常写"厚德载物""惠风和畅"或"锲而不舍、金石可镂"之类的固定成语,偶尔也会写"祖国万岁""只生一个好"等先进口号。这些字句属于书法家们共写的内容,每次展览多有重复。孟先生不知哪根神经搭错了位置,他决定这次书法要写下与众不同的名言。

　　参展作品事先经组委会审查,并统一展放。老孟在同行中人缘口碑很好,他说最近很忙,要推迟几天送交作品。组委会负责人调侃他说:"老孟最近梅开二度,新娶了年轻貌美的娇妻,终日老牛吃嫩草,忙得不亦乐乎,理解理解。"并告诉他只要开幕前挂上即可,还打趣叮嘱说:千万别写"民工讨薪""反对拆迁"等类型的"反动"标语!孟先生笑答:"借我个豹子胆,也变不成愤青。"

开展时孟先生自己亲自挂上去的那幅字格外引人注目,围观者甚多。人们指指点点议论纷纷且笑声不断。谁也没料到,老孟这次别出心裁,竟写下了德国哲学家康德的名言:"婚姻是生殖器的相互利用。"有人评论说,老孟的艺术风格有明显改变,字体可命名为"裸体""生殖器"三个字尤为光鲜,而"相互利用"四个字有视觉上的互动感。

孟先生的作品很快被撤了下来,换上了他过去的一幅旧作:《爱是心灵之美》。老孟因此被有关部门约去问话,称其作品有传播淫秽色情内容的嫌疑。

我是怎样变得想不开的

他们并没有分享我内心的喜悦,与我共同庆贺我的"华丽转身",却争先恐后地向我表示了深切的同情和安慰。

我兴致勃勃地邀请他们喝酒吃饭,他们却一反常态地回拒了我的诚意,话里话外就一个意思:这饭怎么能吃得下呢?这酒更没法喝了!

他们是我的亲朋好友,是多年来以亲情和友谊凝结而成的"小圈子"。我珍惜他们的支持与鼓励,并珍视他们的意见和建议,他们的言行是我冬天里的暖气和棉衣,也是我夏季里的凉风和电扇。

这一次,他们显然对我的行为感到失望和不安,纷纷向我表达了各自的顾虑和担心。

一个说:"事已至此,你就认命吧!"

另一个说:"干什么不是干,要往宽处想!"

又一个说:"算了吧,不要太上火了!人这一辈子也就那么回事儿!"

还有一个说:"平淡是福!千万别想不开,一家老少还得靠你呢!"

……

七嘴八舌,说来说去,归根结底就是劝我"想开点儿",因为我主动辞去了处长一职。

我本来是愉悦的,甚至是兴高采烈的。在得知组织上同意我的请辞报告的那一瞬间,我差一点兴奋得满地打滚儿。我抑制不住内心涌动的幸福暖流,第一时间将喜讯告诉给我身边最亲近的人,希望把这种既渴望已久又突如其来的强烈快感传递给他们,与他们共同分享!

然而,他们的反应却是出人预料的冷淡,他们对我的深切安慰使我把自己一下子看成了"死人"。

针对来自于同学、朋友、同事和亲戚们几乎无一例外的"想开点儿"的善意劝导,我曾一度大笑不止,并向他们指天发誓,这是我自己几年来朝思暮想、梦寐以求的选择。当初升我做处长时,你们不是也劝我想开点儿吗?如今我主动放弃这个"鸡肋"般的职务,重新回系里做教授,你们的反应怎么一下子变得如此消沉呢?

大家都劝我不要笑,最好还是大哭一场比较好,不能憋坏了。他们坚信,人的痛苦达到极处,便以笑的方式呈现。他们排着队劝我痛痛快快地号啕一番,男儿有泪不能强忍,哭出来不会崩溃。我笑得更剧烈了。他们很恐惧,私下里开始商量与精神病院取得联系并派人轮流守候在我的身边。

我竭尽全力说服他们:"这官儿我早就不想当了,不就是个无权无势的小处长吗,当个教授学者多自在!"

他们答:"谁信呢?这年头谁会主动辞官?"

我反问道:"当官有什么好?"

他们答:"谁当谁知道!"

我辩解道:"我就不愿意当!"

他们答:"那是人家不想让你当!"

我说:"是我主动辞的。"

他们答:"是人家把你撤了。"

我提高嗓门:"是辞职!"

他们交头接耳,小声嘀咕道:"是免职!"

我反问:"为什么是免职?"

他们说:"是因为你犯了错误!"

"胡扯!我没犯错误!是我主动辞去职务!"

"我们相信,可是别人能信吗?"

在亲朋好友们络绎不绝、持续不断的劝慰下,我终于哭了,哭得泪流满面。

他们如释重负般地陪着我唉声叹气,不时地拍拍我的肩,捶捶我的背。

为了维持难得珍贵的亲情与友谊,为了进一步证明他们的正确判断,并维护他们的价值取向,我只好顺着他们劝慰的方向去表现自我,以求得尽快从他们善良的折磨中解脱出来。

他们并没有在我擦干眼泪和鼻涕的表演结束之后而罢手。在接下来的日子里,他们依然热情不减,继续关注和关心我的情绪变化。

有人说:"哭泣说明你委屈,委屈证明你冤枉。"

另有人说:"冤枉就要申诉,不能憋屈自己。"

又有人说:"流泪是软弱的表现!"

还有人说:"强者不相信眼泪!"

大伙儿一块儿说:"与其偷偷哭泣,不如行动起来。"

我辩驳不过他们,况且我已哭过了,那就意味着我认同了他们对整个事情的研判。

我开始假装冤屈,在他们不依不饶、不屈不挠的劝导安慰下逐渐变得怨恨和愤怒。

"凭什么撤我职?"我找到上级领导质问。

"既不是撤职,也不是免职,是你本人三番五次主动辞职的嘛!"领导皱着眉头说。

"我辞职你们为什么就同意了呢?"我理直气壮地反问道。

"你……你……你……你什么意思?辞职这件事情……"领导支支吾吾起来。

"什么辞职?分明是免职、撤职嘛!"我乘胜追击。

……

上级负责人终于变得理屈词穷、语无伦次直到哑口无言,瘫坐于椅子之上。

我的至爱亲朋们锲而不舍地继续安慰、劝导和鼓励我，始终让我"想开点儿"，生怕我因为想不开而寻了短见。

那怎么会呢？这一点请他们放心。他们滔滔不绝的劝慰，彻底改变了我的生活方式和生活态度。如今我像一个"怨妇"一样愤愤不平，逢人便讲自己的种种不幸遭遇，但我比鲁迅先生笔下的祥林嫂硬气多了，我的委屈与冤恨、愤怒，是亲友们无私的关心和关爱的结果，我要对得起他们，努力做一个不向强势低头的人。

臆造的故事

故事是我讲的，但不是我编的。我记不清是从哪份报纸上读到的。

英国一个小城市，三十多年未发生一次火灾，这本来是件值得骄傲的事情，说明居民的防火意识强，消防部门的平常努力是卓有成效的，但有些人却偏偏往消极的一面去想。一些市民开始质疑消防队存在的必要性，认为他们白白花去了纳税人的辛苦钱，整日无所事事，把肚子都养大了。个别消防队员回到家里，也遭到妻子儿女的嘲讽与调侃。有几位队员从参加工作之日起，直到退休，竟然从未救过一次火，这让他们很没面子，缺少起码的成就感。市议会根据市民的意见，正酝酿削减消防预算，降低他们的工资福利待遇。这些舆论和措施难免让消防队员们产生压力并感到委屈。他们纷纷表示要有所作为，尽快改变各方的偏见。于是，消防队员们开始有计划地纵火，然后再紧急施救。他们在一年内，先后点燃了两家超市、三幢民宅、一家医院、六辆汽车和一座垃圾站，并成功地给予了扑救。市民们对他们的英勇行为给予了高度赞扬。消防队长和其他队员均获得了相应的表彰和晋升。

这个荒唐而又耐人寻味的恶作剧，是我在参加我的同学升迁聚会时随口讲出的，并没有暗示什么。也许是喝了酒的缘故，那位刚获得晋升的同学显得格外激动。他当着众人的面，把我劈头盖脸地抢白了一顿，并指着我的鼻子撂下狠话："这事不算完，你得对这个故事负责！"

这事把我搞得很郁闷，不管怎么解释，他都不接受，非让我为此付出代价。当然，我也没什么好担心的，自己只是一介教师，教好课是我唯一的事情。

然而过时不久，教研室主任神神秘秘地提醒我在课堂上讲课时要注意把握分寸。他说得含含糊糊，我听得晕晕乎乎。我反复回忆自己近期的言论，仍搞不清"分寸"的含义。为此，我还主动建议系里调看一下课堂录像，帮我查找那些有失"分寸"的可疑之处。又过了段时间，系领导郑重其事地找我谈话，严肃地指出我在与学生接触过程中可能存在的种种不理智不检点的过激行为。我的情绪逐渐激动起来，开始提高嗓音向领导澄清事实，试图为自己的清白讨一个说法。我甚至告诉领导，我平时除了上课，私下里几乎没跟任何学生有过接触，更谈不上不检点的言行了。系领导批评我说："你看你看，一提点不同意见你就火冒三丈。这难道不是不理智的表现吗？！再说了，古人云'有则改之，无则加勉'嘛，我们跟你谈话，都是为了你好，担心你在错误的道路上越走越远。再说了，我们之所以正式找你谈谈，那肯定不是无中生有。直接说白了吧，上级转过来了好几封匿名举报信，都是反映你的问题的，你可得正确对待哟！"

匿名举报的结果招来了异样的目光，无法核实带来的心理压力不可名状。学期末的考核，我初降为勉强合格一档，没有任何辩解与澄清的可能，因为师生"主观印象"分数偏低。

大概过了一年,我的那位近年来一直官运亨通的中学同学出了点小问题被调离工作岗位。听其他同学说,由于他从事的是众所周知司空见惯的特殊工作,其与生俱来的积极性空前高涨,始终憋足了劲儿渴望立功受奖,凡是他分管的单位,总有"不稳定"的因素存在,能三天两头地发现小传单、手机短信、网络帖子等各类不良信息,很受上级重视和赏识,不断获得提拔。后来被发现,这些破坏和谐的有害信息,均出自他的手笔,与英国小城消防队当年的作为如出一辙。

我至今不敢断定那几封针对我的所谓举报信是否是这位同学的创意,但有一点我必须坦白,当年读大学时,他曾经托我以一位目击者名义帮他写一封表扬信寄给学校有关部门,赞扬他臆想的"见义勇为"的感人故事。我参与编造了这个欺骗组织的故事,但我从未跟别人讲述过。

永不退休之人

老傅今年至少有七十岁了，若从长相看，说他八十也有人信。

老傅十几年前就退休了，手续却一直没办利索，据说他始终不肯在退休书上签字。但不管他签不签字，职务津贴肯定是停发了，他早就开始领了退休金。

但老傅给人的感觉却一直在上班，每天在学校举办的各种会议的会场上经常能见到他的身影。

老傅是在学校人事处长的位置上退下来的，在他担任处长的若干年间，总是把退休年龄作为刚性制度确定下来的，用他在各类会议上常讲的一句话说：退休年龄是底线，是红线，是高压线，谁也不能逾越。到年龄就退，一天也不能拖，而且提倡早退，为新人留出位子、留下成长空间。所以他的前任带头提前两年退居二线，即保留职务薪酬，不再担任职务。

到了六十岁，老傅却不愿执行自己当初制定的政策，借口若干种理由，破了规矩，延长了一年任职。待学校任命了新处长后，他又迟迟不腾办公室，害得新处长把办公桌摆在过道里等了半年多，最后趁他不在时撬开了门，搬出了他的私人用品，换上了新锁。

老傅没了办公室，依然坚持天天上班，开会，且早来晚走，风雨不误。他经常到学校各部处和院里转转，只要听说哪里有会，他便准时参加，在会议室里随便找个空座位坐下，掏出个小笔记本写写记记，态度十分认真。

当人事处长多年，学校上上下下的大部分干部教师都认识他，谁也不好意思开口轰他出去。相反，许多人见他来了都微笑着冲他点点头儿，甚至有时在一些座谈会上还客气地请他讲几句。老傅本着"让我讲我不客气，不让讲我不生气"的原则，不请不讲，有请必讲。偶尔也有人挖苦他，说两句风凉话，他总是报以宽厚的笑容。说话的分寸感掌握也越来越好，每次发言都很简短，不啰唆絮叨，而且不管讲啥，都坚持一个好字不动摇。说领导好，改革好，教学好，科研好，学生好，教师好。反正学校的方方面面都好。

就这样，老傅至今仍频繁地出入于各种会议室，照他这种架势，恐怕永远也不会退休。照他的话说："我就喜欢开会，一天不开会我就浑身难受。"据说他曾表示过，将来他死后的追悼会最好也让他自己来主持。

捐　款

又发生了地震。一个县全毁了。

从电视画面上看到的是一片片残垣断壁的废墟和一群群惊慌失措灰头土脸的灾民以及一队队精神抖擞斗志昂扬的救灾官兵与一面面迎风飘扬的红旗。

捐款啦，支援灾区恢复重建，我们的行动要迅速。上级有明确的号召。

捐！这次得多捐点。听说咱们领导的家乡灾情严重。

领导老家所在的那个镇子的学校和医院全震垮了。太惨了！咱们得带着感情捐。

捐衣服被褥行吗？

不行，运输不方便，消毒也麻烦，就捐钱，直接汇过去。

各附属单位早就动手了，他们已经捐了三轮了，还在动员，党员干部纷纷解囊，起带头作用。

咱们机关可不能落在后面，数额太少拿不出手，听说领导最后要亲自过目。

领导的儿子上个月结婚，我们不是刚随过礼吗？

喊，别扯淡了。这是两回事儿。结婚和地震怎么能扯到一块去？我看你是个猪脑袋。这回是救灾，不是领导的个人私事！

那捐多少钱合适呢？

操，越多越好呗！上面没规定数额，只是说完全自愿，尽其所能。

领导本人捐多少？

不知道，这可不好打听，肯定不会少的。听说，领导在家乡可有威望啦，那个镇子这几十年就出了他这么一位厅局级干部。

他家的亲人有伤亡吗？

没有，那怎么会呢！他爸妈早就搬到省城住了。老家估计没有直系亲属了。

噢，那我回去再跟老婆商量商量争取多捐点。说不定领导一高兴,年终多发点奖金就补回来了。

嘁,没出息。各单位的中层干部都憋着劲争表现呢,谁不想讨领导的赏识,再升个一官半职的,你那点意思根本就显不出来。我就随大流了,别人捐多少我就捐多少……

一年后,当电视镜头扫过领导的老家小镇时,满眼都是热火朝天的建设场面。一座造型精致的建筑一闪而过,据知情人说那座看上去既不像学校也不像医院更不像民宅的楼宇是领导家的祠堂。按规定,所有个人和单位的捐款均可以由捐赠方指定用途,地方负责实施。后来传出消息说,这位领导对此一无所知。

尴 尬

朋友老邹说,有一位高人想和我一起坐坐。我一听就明白,老邹又在设局。推辞了几次,老邹开始说怪话了,讽刺挖苦加恫吓,这是他的惯用伎俩。碍于情面,更念及当年他对我的帮助,便气哼哼地答应了。

高人并不高,比我矮小半个头。不是什么预知未来的大师,而是一位司局级的领导干部。老邹称它为史局,省掉一个"长"字显得更亲密。我也跟着喊史局,比叫史局长更亲近。

史局长属于激情燃烧的那类人,不管见到谁都如火如荼。初次认识便有一见如故和相见恨晚般的欢呼,握手时不停地摇晃着对方的胳臂,用力很猛,幅度很大。没有一点矜持傲慢的官架子。

老邹请客时告诉我,这次是个小范围的聚会,只有他、高人和我三个人一起喝顿小酒。他知道我生性腼腆,人一多就紧张。到了餐厅的包间后,我才意识到老邹又一次忽悠了我,围着餐桌一共坐下了十三个人,顿感心慌憋闷。据说,这是许多饭局设计者常耍的小把戏,请甲时说乙特别欣赏你,很想一起坐坐,跟乙说甲非常崇拜你,很想一块聊聊,等到见面时才发现又冒出了A、B、C、D等若干陌生人,彼此都称朋友,其实大多都头一次认识。一顿饭下来,甲与乙并没有聊几句,倒是那些A、B、C、D们推杯换盏谈起了生意、扯上了关系。吃这种饭总有一种被涮的感觉。老邹开导我说:"被涮也说明你有一定的价值。"他原本介绍说,高人史局长对我写的小说评价特高,属于我的铁杆粉丝,十分渴望得到我的签名。我半信半疑地准备了两本新出的作品,恭恭敬敬地签上了赠语,随身带去了。但那天史局自始至终没提起这个事儿,倒是问了我一句:"你是干什么的?"我如实告诉他我是个靠爬格子写小说谋生的人。他皱了皱眉头,表情十分怪异地又问我:"现在还有人看那东西吗?"没等我回答,他又十分同情地叹了口气,"唉,干什么都是干,人活着都不易啊!"

落座后,大伙儿先简单地相互做了介绍,然后就端起了杯子,开始天南海北地神侃起来,一点儿都不生分。我也快速结识这些身份不凡的高人们,除了史局,有搞私募基金的老板,有获过大奖的国画家,有一字千金的著名书法家,有养生专家,有活佛级的大和尚,还有发明预测命运"软件"的星相大师、咨询公司的老总、律师事务所的合伙人等等。确实都属世间高人,个个都有惊人绝活。

不管他们怎么高,都高不过史局长。他身居官位,主座非他莫属,他象征性谦让地推了几句,便恭敬不如从命地坐在那里。我自然而然地找到了自己的位置,与史大人斜对面的最下位,因为老邹抢占的位子对着史局,他说他是主陪,并负责埋单,应与主宾面对面。

史局那天的话格外多,这跟他坐在主位上有关,主席台上的人当然享有发言权了。酒喝到一半时,史局的话题扯到了某些大人物身上,他的话里话外,透露出许多他与这些大领导们非同一般的关系,好像他天天都在"海"里泡着,对上层的工作和生活了如指掌,说了不少鲜为人知的"秘事"。听得我们晕晕乎乎,频频举杯敬他。当他得知那位律师事务所合伙人的原籍在某省时,又快活地回忆起了当年自己曾在那个省工作的经历,说现任的某中央首长原来在省里任职时他还为他当了几年秘书,与地方领导至今仍保持相当熟络的关系,并豪气十足地拍胸承诺:"你家乡有事一定找我!"没想到,那位律师并不领情,用一种十分不屑的口气问史局:"你知道我姓什么吗?"史局愣了一下,没等反应过来,年轻的律师就拍了下桌子,把筷子震到了地上。"老史同志,亏你还是个有职务的人,怎么几两猫尿下肚就不知自己姓什么了?你还记得你爸你妈姓甚名谁吗?真是的,还大言不惭地说那些没用的。我告诉你吧,你说的那位领导正是我父亲。听明白了吧,你什么时候当过他的秘书,我怎么不知道?"他边说边接过服务员递来的新筷子,使劲敲了敲几下眼前的菜碟。

史局结结巴巴地半天说不出话:"别……别……别当真,我也是酒喝多了,开……开……开开玩笑而已。"酒精染红的面部,变成了紫色。

那天的饭局在史局和我们大伙儿前所未有的尴尬中

结束。回去的路上,老邹愤愤地跟我说,那个律师太过分了,他根本就不是什么高干子弟,那位领导根本就没有儿子!

活死人

刺眼的白光唤醒了我的生命意识。数十架照相机争先恐后地按下快门,伴随着一连串的闪光,断断续续的咔嚓声传入我的耳膜。脑袋里像灌满了黄泥汤,混浊而黏稠。有人在说话:"虽经我们全力抢救,他已失去了生命体征。现在我受医疗小组的委托,正式宣布,本次11·8车祸事故无一幸存者。谢谢媒体朋友们的关注!"

又是一片急促的咔嚓声和刺眼的白光。我努力睁开眼睛,用来自另一个世界惊悚的目光盯着他们。惊叫声响起,强烈的闪光灯齐刷刷地向我扫射。我退缩着紧闭双眼,脑海里闪现出了上帝的面庞,有点像我的初恋情人,还有几分我老婆和儿子的模样。虽然我不信上帝,但他竟让我从牙齿脱落的嘴里发出了清晰的呐喊:"我还活着!"

闪光灯的强光又一次试图把我生命的信息记录下来,但只留下了我破碎变形的面孔和紧闭的双眼。尖叫与欢呼交织在一起,塞满了我瘀血肿胀的耳朵。

"他没死!"

"他说话了!"

"他的嘴唇在颤动!"

"他还活着!"

"他睁眼啦!"

……

"请保持安静!我是本医院的新闻发言人,该死者的死亡结论是经过专业医务人员反复检查鉴定做出的,程序严谨、客观审慎,不会有任何差错。请各位不要听信谣言,以讹传讹……"这高亢有力的强音是通过话筒放大传出的,刺痛了我的耳膜。

"我还活着!"像是有人给我施了魔法似的,那一瞬间我高喊着,还差一点从推床上坐了起来。

"你是医生,还是我是医生?不要瞎喊,你已经死了,你得相信医生,相信医院,相信科学!"新闻发言人俯下身子,贴着我的耳朵警告我。我直勾勾地盯着他,那是一张传说中的死神之脸,我不想多看一眼。他假装为我盖好白布单,趁机遮住了我的脸。不知出于什么目的,他顺手狠狠地掐了一下我的胳膊,我疼得嗷的一声从床上翻滚到地上。

全场一片惊慌,医护人员纷纷后退。有几位沉着老练的记者,冲上前来抢下了镜头。

"他真的没死!"记者中有人替我说话。

"是的,他没死!他肯定没死!"

"对,他还活着,我们都看见了!"

……

"别吵吵了,死没死我们说了不算,这得听医院的。我们新闻界要相信医院的结论,不能误导读者和听众。"一位年轻的女记者说服他的同行要恪守新闻职业道德,与院方保持高度一致。

我在用残存的一丝气力,拼命扭动"尸体",嘴角发出各种古怪的求救之声。

围观的人越来越多,声音越来越嘈杂。

新闻发言人为难地搓着双手,焦灼不安地向人群解释:"刚才我已代表院方,向媒体朋友宣布了死亡结论。这个结论是医疗抢救小组集体研究并报请上级领导批准确定的。不管各位信不信,反正我是确信的。鉴于部分记者的质疑和死者本人的声明,我建议我们暂时搁置争议,先把死者,不,应该叫疑似死亡者或死亡嫌疑人存放于太平间,暂时不火化。等我本人向上级报告后,再重新做出裁决。请大家放心,我们一定会本着以人为本的理念,坚持公平、公开、公正的原则,科学认真地做出结论,给公众一个满意的交代……"

在叽叽喳喳的议论声中,大伙儿一致赞成院方的意见。

我恳请推我进太平间的那两位戴着大口罩的老兄不要把我塞到冷柜里去,他俩相互对视了一下,同时摇了摇头。其中那位矮个子男人瓮声瓮气地说:"不放进冰柜里,你的尸体就会烂掉的。"

"我没死,真的没死!放在那里会活活冻死我的。"

高个子更不耐烦:"我们只听领导的。他说你死了,你就死了。我们不敢做主,不把尸体放到冰柜里就会被扣奖金,弄不好还丢了饭碗……"

我急得顾不上剧痛，又一次从床上坐了起来："请二位兄弟高抬贵手，只要我一出院，我就把你俩被扣发的奖金十倍补上。"

"说话算话？"高个子问。

"你们是我的救命恩人，我哪里能知恩不报？"

"咱俩就信他一回吧！"矮个子动摇了。

"那行，就信你一回！"

于是，他俩把我挪到了太平间潮湿的角落里，还找了几块硬纸壳在我身下垫了垫。

我逐渐恢复了记忆。我知道自己"死"于一场车祸，是桥梁突然坍塌。那天我开着新买的轻型电动三轮车，正好通过一座刚落成的高架桥，那桥就塌了。竣工的庆典尚未结束，在我栽下去的那一瞬间，我看到了天上飘着的彩色气球和放飞的鸽子……

我不想躺着等死，我担心上级重新复查的结论迟迟做不出来。太平间的大门未上锁，只用一个铁钩虚挂着，一般不会有人到这里偷东西。我费尽力气，爬了出去……

我活了下来，却成了活死人。

因为我的名字已作为遇难者被电视、广播、网络和报纸公布了。而事故原因已查明是因为车辆超载所致。我更不敢露面了，那天桥上一共只有几辆小车，若因超载压断了新桥，我肯定脱不了干系。

我成了活死人，至今仍在外边游荡着，不敢踏进家门。因为我心里没底，不知道妻子和儿子会相信医院的结论还是会相信我仍然活着。

代跋　速写的力度、版画的幽寒

这一年，似乎做了很多的事。但还是懒散得可以了。因为数点一番，仍旧欠了很多的债。

这也是命吧。合同文书上，落上自己的名款，就如同按了揭。于是一本又一本的书出来，真好比是一次次的欠债还钱。拿到新书后的激动，怎么形容呢，那才是一种天经地义的愉悦感啊。

听朋友们在聊选题选题如何，我常常躲在自己的妄想中。其实哪来那么多的机心和盘算，一个选题常常也就是一篇类似读后感般的转化，抑或是，识得某人后夜里默想的那么一篇日记。真是毫无科学性而言。劳马先生的这部集子，恐怕也是如此。终审此件，我老是迷糊来迷糊去，总在想，我是什么时候认识芳坤君的呢？又是何时让她帮我组织这部书稿的呢？像烂醉一般，真是记不得了呢。

但我又不想感谢她。而是无端生出一丝轻微的恼怒。如果不是她，定然没有这部书稿；可书稿是编辑要去琢磨的工作，和我的关系谈不上直接，所以我无须恼恨。我恼恨的，是怎么就应承了她作这么一篇跋呢？流水轻荡，也是忘了。

不过仍要感激她。不是这部书稿的组织，而是她已经放在前面的洋洋洒洒的序。她的这篇序，说了我许多说不出的话，也说了许多我不用再重复的话。她兼门生、批评家、学者的三重身份（是啊，她竟然圈了如此多的地），她放牧的文字，自然的，是广而深、温而细的。如何之广深？西哲亚里士多德、苏格拉底、巴赫金是多么的高深啊，她真还能信手拈来，如插花一般不露痕迹；又如何之温细？她写导师吃喝笑形状种种，让人心生满满的感动、温暖和快慰。哪像我，对自己的老师春林先生，竟常是不顾师尊的那么的苛严。

芳坤君的序，快意轻滑又不失深重，有速写的力度，有版画的幽寒。这些形容的词汇，虽是批评家的照虎画猫，却也正暗合了劳马先生这部集子的精神气质。之前，我对所谓的"小小说"也存在相当的偏见。如此偏见，和我接受的偏狭的文学史教育有关，和自我单薄的文学训练更有关。所谓科班出身，结果呢，是专业化的水平不见得长，狭隘的圈子意识却愈来愈浓。可怕，画地为牢。

那我之外的广义的偏见又从何而来？这种东西，是"小说"吗？我没有见过劳马先生。我不知道他内心深处是否有如此文体的自卑感。比如某一天，他和余华、莫言诸神坐在一起，他会想什么呢？他果真能坚如磐石，享受如此"无语的荣耀"吗？文体的壁垒，我想应该是存在的。进而，我猜想，劳马创作之初，一定真还是为此郁闷过。

他把这部集子题名为"无语的荣耀"，和集子中的那篇故事一定是无关了。他内心的本意，不乏倔强，可大约也正是他于此文体的自觉和自信了。

我常以为，小说家首先应该是个故事家。何止是故事家，要说成是一个故事大王似乎也不过分。由劳马先生的这部集子，我想，小小说的文体对于故事的要求可能更高吧。一篇好的小小说，如果故事抓不住人，那应该是一件很可怕的事情。或者说，一篇好的小小说，它的第一要义就是一个好的故事。读完一遍，我又重翻一遍，我对每一篇的故事就大体了然于胸了，换作一部短篇小说集，这几乎是不可能的，一般的状态是边读边忘，最后闪烁在眼前的，往往也就只剩下一个小说不打眼的题目了。我甚至打了一个不恰当的比方，这些小小说，真像一个又一个的段子。我在重读的过程中，还真记下了几个，幻想着在酒足饭饱之后好好地讲它一讲。因受了劳马先生快意叙述的影响，我想我的语速一定也是飞快的。

小说的故事，若果真就只是一个故事，似乎也不太确切。小说的故事，是小说存在的理由，可这个理由一定不是唯一的理由。但故事还是重要的。它的重要性，是不是在于，它还是人之所以存在的皮囊呢？我思故我在，是不是可以换作"我"有故事故"我"存在呢？是不是这样的呢？

劳马先生集子里的这些故事，不是动物的故事，而是人的故事，中国人的故事。怎么说呢，这部集子里边的人物既在纸面之上，又活在现实之中。鲁迅所提炼的阿Q，我想正是劳马先生笔下这些人物的先祖。那么多的人物，无一不是阿Q的子孙。集合在一起，真可就是阿Q子孙的一本新影集了。过了许多年了，阿Q的子孙竟仍是活得如此之阿Q，若鲁迅先生地下有灵，不知做何感想。

芳坤君在序中讲，"大约一部小说能感动某人，总是其中话语和某人产生了对话效果"。我与之"对话"的结果，倒少了些"感动"，反而是自怨自艾愈加浓烈了。一个我，阿Q吗？我们，阿Q吗？山河离乱，歌哭为谁？我想，这不是一个"笑"就能回避的话题，也不是一个"批判"就可以解决的问题。

那么，又该如何？一笑而过，批判到底，都是可以的吧。还有什么不可以的呢？我讳疾忌医已久，真是不知自己的毒疮有多深重了呢。

所以，读完这些"轻松"的"幽默"的故事，我一点也轻松不起来,一点也幽默不起来,想了又想,也再没有拿它作为段子在聊谈时发挥的冲动了。我觉得有一种疼,自戕的那种疼,懊悔的那种疼,无奈的那种疼,无语的那种疼,疼疼疼,它像壶口黄河水奔涌而来……此刻,我没有荣耀,只有无地自容的羞耻。

对着镜子,我好像突然看清了自己的Q。

从这些故事的圈套中拔出来,合上这部阿Q子孙的新影集,我还想再谈谈它的文本。我所谓"速写的力度""版画的幽寒",其实只是个人的一种理想,是我对这一文体的一己私欲。劳马先生"速写的力度"是有的,不然不会有那些故事的过目不忘,不会有那些人物的阿Q印记。劳马先生"版画的幽寒"也是有的,不然我也不会坠入阿Q先祖的山河旧梦,而去疼,而去羞耻。我所关心的提醒,是故事的力度和思想的幽寒之外,小说叙事、语言的力度与幽寒。

我没有真正作过小说,经常地读了小说总以为自己也能写两下,结果写了三下,还是把那只枯笔拾掇起来了。只能去写点言不由衷的旧句子,间或借着如此这般的小说,说一点点饶舌而含混的话。

言不及义。也只能言不及义。

是为跋。

续小强　并州二营盘匆草
二〇一八年一月十五日星期一

劳马

本名马俊杰,中国作家协会小说委员会委员。
自20世纪90年代起开始文学创作,作品被译成韩、日、越、蒙、英、法、西等多种文字。
曾先后荣获首届蒲松龄文学奖(微型小说)、第四届北京市大学生戏剧节优秀编剧奖、第十届"十月文学奖"短篇小说奖、2014年蒙古国最高文学奖、2016年法国翻译文学奖。

代表作品

长篇小说
《哎嗨哟》
中短篇小说集
《傻笑》
《个别人》
《情况反映》
《某种意义》
《潜台词》
《等一会儿》
《幸福百分百》
散文集
《笑亦载道》
《远看是山近看是树》

无语的荣耀

出品人 | 续小强
责任编辑 | 刘文飞
书籍设计 | 张永文
封面绘图 | 高　敏
印装监制 | 巩　璠

投稿邮箱 | liuwenfei0223@163.com

微博　http://weibo.com/beiyuewenyichubanshe
微信公众账号　bywycbs1984